COLLECTION JACQUES VINDEX DES ROMANS PATRIOTIQUES

Sans Farouche. — Château Noir. — Grands Jours de la Revanche, continués par la *Traîtresse de France.*

LA TRAITRESSE DE FRANCE

Roman National Historique

PAR

JACQUES VINDEX

PARIS

DÉPOT CENTRAL CHEZ M. CLAVERIE

8, RUE DU CROISSANT, 8

10 CENTIMES la livraison

50 CENTIMES la série

1re LIVRAISON

PARIS. IMPRIMERIE PARISIENNE, J. SOUBIE, IMPASSE BONNE-NOUVELLE, 6.

LA TRAITRESSE DE FRANCE

PREMIÈRE PARTIE

LE DÉBUT D'UN RÈGNE

I

Ah! si la France avait dû périr, il y a aujourd'hui quatre siècles que cette vieille et noble terre aurait été rayée du rang et du nom des nations!

Nous avons bien souffert récemment dans nos intérêts et, dans notre honneur, plus encore; mais nos maux ne sont point comparables à ceux dont nos pères furent affligés dans cette période entière de la guerre de Cent ans, dont ces récits historiques essaient de présenter le tableau.

La France était déjà une nation puissamment constituée. Elle brillait à la tête des peuples, et, depuis les Croisades, son nom s'appliquait à tous les guerriers de l'Occident : aussi bien aux chevaliers italiens et allemands, qu'aux guerriers d'Angleterre, d'Espagne et de Portugal. On disait toujours les « Francs, » comme on dit encore, en Orient, les « Francs » pour désigner indistinctement tous les Occidentaux. C'est que notre influence avait embrassé l'Europe chrétienne, et celle-ci n'existait que par la France.

Les grands règnes de Philippe-Auguste, de Saint-Louis et de Philippe-le-Bel, avaient consacré notre indépendance, notre grandeur en Europe; assuré notre constitution sociale, notre organisation politique et administrative à l'intérieur.

Autant qu'on pouvait être parfait au moyen-âge, le peuple français était le plus parfait sous le soleil.

Il avait seul les plus hautes traditions nationales; un incomparable génie d'organisation, la fibre guerrière, les aspirations puissantes, le sens intellectuel le plus développé.

La civilisation antique, après les catastrophes immenses de la fin de l'Empire romain retrouvait un successeur dans sa fille ainée : la France!

Aussi, cette terre bénie de l'intelligence, du sang généreux, des moissons toujours riches, était-elle convoitée par les ambitieux de l'Europe.

Une première coalition organisée contre nous par Othon IV, empereur d'Allemagne, avait eu pour but de faire de la France une province de la Germanie, le grenier et le jardin de plaisance des bandes voraces d'au-delà du Rhin.

Philippe-Auguste arrêta ce commencement d'appétit aux champs de Bouvines, en gagnant sur les Allemands la plus complète victoire dont l'histoire fasse mention, et l'empereur des vaincus fut fait prisonnier sur le champ de bataille et conduit à Paris, où il figura au triomphe de notre roi.

Après l'Allemagne, vint l'Angleterre, un siècle et quelques années plus tard.

Profitant de l'impéritie d'un Valois, Édouard III, l'entreprenant souverain d'outre-Manche, s'avisa de réclamer, comme petit-fils de Philippe-le-Bel, l'héritage de la France. Depuis la bataille de l'Écluse jusqu'au traité de Bretigny, l'Angleterre eut contre nous tous les bonheurs. Peu s'en est fallu que la France ne fût alors province anglaise! Heureusement, le vainqueur ne parvint jamais à s'emparer de Paris. Le grand chef du tiers-État, le maire de Paris, Étienne Marcel, avait fortifié la capitale. Sans cette circonstance, c'en était fait de nous.

Le règne de Charles V avait réparé les désastres subis sous Philippe VI et sous Jean-le-Bon. La première revanche avait été prise grâce au complot patriotique des hauts barons du Midi (1), qui permit d'attaquer l'envahisseur de toutes parts.

---

(1) Voir les *Grands jours de la Revanche.* Un magnifique volume illustré et broché. 2 fr. 50, chez M. Claverie, 8, rue du Croissant, à Paris, et chez tous libraires des départements.

La France renaissait, mais le soleil n'avait fait que passer entre l'éclaircie des gros nuages, et bientôt les ténèbres devaient s'épaissir plus fortement encore.

Cette histoire commence précisément à l'époque où la France respire, où cette lueur dont nous parlons illumine et reconforte le pays.

Nous assistons alors aux joies du réveil et de la convalescence nationale; puis, tout à coup, comme si la fatalité n'avait pas assez pesé sur le même peuple, les catastrophes surgiront, et, aux calamités publiques, on verra s'ajouter les calamités privées, les vices d'une reine étrangère, l'adultère de cette Allemande, les coupables amours d'un d'Orléans, la folie incurable du roi de France... Puis, l'invasion, toujours l'invasion!

Sous les voûtes de Saint-Denis, on entendra crier : Le roi d'Angleterre et de France est mort! vive le roi d'Angleterre, roi de France!

Sous les voûtes de Notre-Dame, le fils du vainqueur étranger sera couronné, et l'enfant légitime de nos rois et de la patrie sera renié, par sa mère adultère et traîtresse...

Alors ce sera bien fini, et tous les peuples de l'Europe diront que la France n'est plus; qu'il n'y a plus qu'un empire britannique à côté d'un empire germanique... L'Anglo-Saxon règne en maître.

Tout tremblera autour de l'Angleterre, devenue puissance continentale et qui aspirera à se faire appeler le dictateur de la chrétienté. Les petits peuples, les vieilles nations de sang latin se demanderont avec effroi ce qui adviendra de ce qui reste debout et indépendant en Europe, maintenant que la France n'est plus, et que son épée manque au tribunal de la justice supérieure des peuples et des rois.

Mais non... la France a été humiliée, elle n'est point morte! Elle se réveille, elle fait un pacte avec la victoire ou avec la mort, elle se réunit autour du représentant de sa cause, du fils de ses rois chassé et errant. Elle combat, elle triomphe... elle redevient et elle est la France!

Quand nos héroïques ancêtres ont pu traverser tant de calamités, nous, leurs descendants lointains, nous pouvons supporter l'épreuve et demander aux leçons de celle-ci les moyens de nous relever quand l'heure sera venue.

Alors, comme autrefois, l'Europe retrouvera la France affirmant son nom, son influence, sa force, et parlant, l'épée debout, le langage du droit!

Et maintenant entrons dans le récit.

II

La cour de Milan était, en 1386, une des plus brillantes de la Péninsule.

Jean Galéas Visconti régnait, et sa puissance était partagée sur le même trône ducal par Isabelle de France, fille de Jean-le-Bon, donnée à un simple potentat d'Italie, un jour que la France avait besoin d'argent, pour payer la rançon roi, fait prisonnier.

Galéas avait une immense fortune, une puissance d'aventurier; mais il n'avait ni la race, ni la gloire. Il rêva de mêler son sang au sang le plus illustre de toute la terre, et de se marier avec une enfant des fleurs de lys, avec la fille des rois de France.

Il offrait à notre patrie en deuil, à notre monarchie mise en tutelle par la captivité de son chef, une alliance précieuse : des compagnies de soldats, et, par dessus toute chose, loin de demander une dot, il offrait six cent mille écus d'or pour le premier terme de la rançon de son futur beau-père.

Hélas! on n'avait plus le droit chez nous d'opposer un refus dédaigneux à une proposition qui, formulée en un moment d'épouvantable détresse, ressemblait à un calcul et à un trafic.

Sans connaître ce marchand, duc au-delà des Alpes, la fille du royal prisonnier se dévoua afin qu'un peu d'or affluât chez nous et payât la liberté d'un père captif.

Isabelle fut donnée à Galéas, et celle-ci, quittant avec des pleurs sa patrie pourtant malheureuse, alla porter au souverain de la Lombardie l'honneur d'une alliance royale, et toute l'illustration qu'un tel hymen procurait aux non-nobles Visconti.

Mais il faut, avec l'histoire, être juste avant tout : Isabelle de France fut heureuse avec son époux, qui se fit l'esclave dévoué et passionné de la noble fille de France. Galéas et Isabelle eurent trois enfants; l'un d'eux nous occupera, surtout : la belle et suave Valentine de Milan, fiancée dès 1385 au prince-duc de Valois et de Touraine, devenu depuis duc d'Orléans.

C'était le second fils de Charles V et le frère de Charles VI régnant.

Valentine de Milan était donc la cousine de son royal fiancé,

Le mariage ne devait s'accomplir qu'en 1389. En attendant, la jeune princesse complétait à la cour de son père une éducation qui fut la plus complète et la plus raffinée. Heureuse de devenir princesse royale de France, elle faisait des vœux quotidiens à la Madone, en portant à la Vierge le bouquet de ses jardins.

Des maîtres italiens, des artistes, des poëtes avaient, dans les palais du duc Galéas, leur demeure permanente, pourvu qu'ils fournissent à la Cour et aux enfants du prince les nobles distractions et les solides enseignements de la science et des arts. La jeune Valentine profita de ces leçons.

Elle apprit à connaître les chefs-d'œuvres de la pensée antique; à apprécier les maîtres ses contemporains, à chanter, à écrire les beaux exploits, les nobles maximes. Par les chroniqueurs et les trouvères elle savait l'histoire de son temps, les aventures des Cours et des guerriers illustres. Par les artistes, elle eût toutes les conceptions de l'élégance et du goût le plus pur... et Jean Galéas se plaisait à dire : « J'ai eu de France une perle et nous rendrons à la Cour de France un beau diamant ! »

Telle était l'une des princesses dont le rôle simple et doux au milieu des plus dramatiques épreuves, sera dans ce livre ce qu'un coin du ciel bleu est dans un firmament noir d'orages et déchiré par la tempête ; elle sera la bonté native, la vertu constante, la fidélité sainte, le patriotisme pur, au milieu des débordements épouvantables de la trahison sans vergogne, de la cruauté sans merci, de l'adultère sans voiles !

Valentine de Milan sera la vraie France dans cette Cour de France, où même le nom de France sera un moment mal porté !

III

En ce temps-là également, la cour de Bavière possédait une fiancée royale...

Etienne II, le Bavarois, avait promis sa fille à Charles V, roi de France, pour l'héritier du trône qui devait s'appeler Charles VI.

Quoique étant la plus policée des cours allemandes, la maison ducale de Bavière était loin de rivaliser, par la richesse, par le luxe, par le goût et par les lettres ou les arts, avec le palais du doge de Milan.

Mais si les splendeurs du trône faisaient défaut à Etienne II, rien de ce qui élève l'âme ne se rencontrait dans cette cour germanique. Le prince bavarois était allemand, c'est-à-dire dur, égoïste et glouton. Il se croyait éloquent parce qu'il était raisonneur ; il se croyait chevalier brave parce qu'il n'était que sanguinaire. Il était allemand une fois de plus, voilà tout.

Sa fille, Isabeau ou Elisabeth de Bavière, n'avait qu'un seul avantage ; il était terrible parce qu'il était dangereusement fascinateur : elle était d'une merveilleuse beauté.

En 1380, à dix ans seulement, elle promettait d'être la plus splendide créature de l'Europe, et Étienne II disait d'elle : « La France n'achète pas trop d'un roi la beauté que je lui garde. »

Propos avide et plein de réticences !...

Peu instruite, mal élevée, entourée d'exemples mauvais, la jeune Isabelle ne croissait qu'en beauté et rien n'était fait pour corriger en elle ni les instincts méchants de sa race, ni les inclinations licencieuses de son tempérament.

Sur le premier trône du monde, elle allait apporter de tels vices et consommer de telles perfidies, de tels crimes, que son avénement, comme épouse du roi de France, a été considéré avec raison comme un des plus épouvantables châtiments infligés à notre pays.

Le nom et la vie d'Isabelle de Bavière sont la débauche, le sang et la trahison. Quand c'est vers elle que se tourne l'histoire, l'histoire voit la nuit et pressent l'horreur.

Telle était l'autre princesse, future reine de France, dont le rôle devient le sujet principal de ces dramatiques récits.

Autant Valentine de Milan nous encourage et nous console, autant Isabeau de Bavière nous épouvante et nous humilie.

L'une, c'est la patrie.

L'autre, c'est l'invasion.

Nous en serons convaincus, du reste, en suivant pas à pas l'histoire lamentable du règne de Charles VI, qui ne gouverna jamais et qui demeure absous devant la postérité, parce qu'il fut une victime et finalement un incurable aliéné.

IV

Pourtant, le successeur de Charles V débutait dans des circonstances sinon favorables, au moins très-supportables.

Charles VI avait douze ans, en 1380, quand il fut salué du titre de roi de France ; et son tuteur, le duc de Bourbon, ses oncles, les ducs de Bourgogne

... Elle faisoit des vœux quotidiens à la Madone ..

et de Berry, institués régents par le testament du roi défunt, les trois premiers personnages du royaume, répondaient de la paix au dedans et au dehors.

Le duc d'Anjou, écarté du gouvernement par la dernière volonté de Charles V, se montra blessé, et ses premiers actes ne furent pas de nature à engager le conseil du nouveau roi à un accomodement politique et fraternel.

Sachant que le trésorier de France, Savoisy, se trouvait en ce moment à Melun, il court avec une compagnie de gens d'armes vers le château de cette ville ; il y trouve Savoisy et le force avec prières et menaces à lui ouvrir la cachette du trésor. Charles V avait, en effet, confié au trésorier royal 17 millions d'écus d'or pour que à sa majorité civile, à 21 ans et non pas à 14, Charles VI trouvât une quasi-fortune propre à l'aider dans ses entreprises nationales.

Savoisy résista à toutes les paroles « douces ou dures, dit l'histoire, du rapace vautour d'Anjou ». Celui-ci, voyant qu'il perdait sa peine, appela le bourreau.

— J'ordonne que cet homme soit décollé ! dit-il froidement, en désignant le seigneur de Savoisy, dont les farouches archers s'emparèrent aussitôt.

Le trésorier de Charles V se laissa conduire jusque devant le billot qu'on avait dressé dans une grande salle.

Là, se relevant, Savoisy s'écria :

— Au nom du roi défunt, je vous somme de bien faire pour le roi régnant et pour la nation ! Je vais vous indiquer la cachette.

Alors d'Anjou fit cesser les préparatifs du supplice et Savoisy indiqua au duc un mur très-épais dans l'intérieur duquel des sacs de cuir contenant des écus d'or pour 17 millions étaient entassés.

D'Anjou se précipita sur une telle richesse. Il y vit les moyens de s'emparer du royaume de Naples, qu'il convoitait, et, sans se soucier de son honneur ou de l'intérêt national, il fit charger cet or par des hommes à son service, et il vola ainsi la France et le roi.

— Je suis vengé ! dit-il en ricanant ; et il s'enfuit.

On comprend dès-lors que l'aîné des frères de Charles V n'ait pu prétendre à une révision amiable de l'acte constitutif de la régence. Le roi son neveu bondit de fureur, quoique enfant, en apprenant le crime du château de Melun, et les ducs ses frères, Bourgogne et Berry, en furent honteux pour le sang des fleurs de lys. La guerre était donc dans la famille, et ces divisions se perpétueront et s'aggraveront dans la suite.

V

Cependant avec de vaillants capitaines, la discipline à l'intérieur et la tranquillité au dehors, pouvaient être maintenues.

L'illustre Ollivier de Clisson, qui avait été désigné par Duguesclin mourant, comme son successeur le plus digne, se souvint du serment de fidélité qu'il avait fait au roi défunt. Il voulut entourer de l'éclat de son nom et de son dévouement l'enfance du jeune souverain. C'est cette partie de sa vie qui l'a recommandé au souvenir de la postérité. Il fut nommé connétable le 28 octobre 1380, un mois et demi après la mort de Charles-le-Sage. Les régents du royaume exécutèrent ainsi l'une des principales clauses du testament royal.

En peu de temps, la discipline militaire établie par Duguesclin avait cessé de régner, la licence avait succédé à l'ordre et les compagnies soldées avaient recommencé leurs ravages.

L'inflexible sévérité du nouveau connétable servit à faire rentrer dans le devoir les divers corps de l'armée : chevaliers, écuyers, hommes d'armes et aventuriers.

Grâce à ses efforts, le royaume, quoique agité d'une fièvre latente et indéfinissable d'opposition contre le gouvernement des régents ou de révolte contre l'établissement des lourds impôts, le royaume prit, aux yeux de l'Europe, une attitude si respectable, que l'Angleterre n'osa recommencer ouvertement la lutte. Elle soudoya contre nous les ennemis du dehors, les Flamands, notamment, qui chassèrent leur souverain, le comte Louis de Mâle, et qui s'érigèrent en République. Le comte de Flandre déchu était le beau-père de Philippe-le-Hardi, duc de Bourgogne, et celui-ci était l'un des régents, ou plutôt le premier régent du royaume. Il était donc certain que le gendre chercherait à laver dans le sang des Flamands l'injure faite à Louis de Mâle et à la France.

Mais la division intestine au sein du gouvernement suscita l'esprit de révolte dans la multitude. Le peuple de Paris se souleva contre le fisc, et les bourgeois notamment demandèrent le rappel des ordonnances d'impôts dont la suppression avait été solennellement promise par Charles V à son lit de mort.

Comme le duc d'Anjou avait dilapidé le trésor de réserve et que la Cour avait dépensé ce qu'il y avait de disponible en vue, il était difficile aux Régents d'octroyer ce que le peuple demandait avec des cris, puis avec des piques et des maillets. De là l'émeute qui prit le nom « des Maillotins. » Les bureaux du fisc dans la ville, aux marchés, sur le fleuve ou aux barrières furent forcés, pillés, brûlés ; les agents du roi tués, le roi et le gouvernement mis en péril. Il fallut composer. La Cour remit à plus tard le châtiment de cette révolte, absolument inspirée par les avocats au Parlement et par la corporation des marchands. Le peuple, comme il lui arrive trop souvent, fut l'instrument de la bourgeoisie mécontente. Au lieu de châtier le peuple, le conseil des Régents se réserva de punir les vrais fauteurs de la révolte, mais on attendit d'avoir le prestige et la force. Pour le moment on s'humilia.

VI

La révolte des Maillotins étouffée par des concessions momentanées, fut suivie dans le Languedoc d'une levée en masse de population qui, voyant arriver le duc de Berry comme lieutenant-général de la province, voulaient s'opposer par les armes à ce que l'un des Régents de France dépossédât le comte de Foix en sa qualité de gouverneur légitime au nom du roi, d'après un décret solennel de Charles V.

Le Languedoc se souvenait avec douleur des exactions du duc d'Anjou, et il appréhendait avec raison la même nature de procédés de la part du duc de Berry.

Sommé brutalement de quitter un poste où il avait apporté la concorde, l'ordre et les garanties d'une prospérité renaissante pour le pays, Gaston Phœbus se mit en devoir d'obéir au sentiment unanime du Languedoc et de résister, les armes à la main, aux troupes du duc de Berry.

Celui-ci arrivait, à marches forcées, par l'Orléanais et l'Auvergne, avec de nombreuses compagnies de soldats exercés. L'armée du duc de Berry était nombreuse, composée des bandes royales, c'est-à-dire de mercenaires et de recrues lorraines, des levées faites en Berry et en Auvergne, d'une forte cavalerie. Le régent de France envahit le Languedoc et se mit à la recherche de Gaston Phœbus, qui tenait la campagne avec les milices locales et quelques compagnies d'archers, qu'il conservait à sa solde. La cavalerie béarnaise et toulousaine, quoique inférieure à celle du duc de Berry, avait un effectif sérieux.

Les ennemis se rencontrèrent dans la plaine de Revel, où les habiles dispositions du comte de Foix assurèrent aux Languedociens une victoire éclatante, et d'autant plus importante que ce furent les milices des bourgs et villages qui enlevèrent la journée. Le duc de Berry et sa vieille armée étaient à la discrétion du vainqueur.

Magnanime et patriote, Gaston Phœbus déclara alors que son honneur personnel était satisfait, et qu'il rendait au roi un gouvernement confié par le précédent roi; mais il stipula avec le régent que les populations seraient traitées avec douceur, que les charges seraient maintenues sur le pied modéré où les avait replacées le suzerain de Béarn; que les droits et priviléges des villes et des bourgs seraient respectés, et que le roi de France viendrait, dans le cours des six années suivantes, faire une visite d'honneur et d'amitié au Languedoc.

Berry dut souscrire aux conditions du vainqueur de la bataille de Revel et Gaston Phœbus reprit, en 1382, le chemin du Béarn, d'où il s'était tenu éloigné quelque temps sans regret, à cause des souvenirs funestes de son fils, mort si tragiquement à la Tour de Moncade, à Orthez. Sa maîtresse Goïta le reçut dans la retraite d'Orion (1).

Le Languedoc apaisé, il ne restait plus que la Flandre ; mais cette affaire avait une importance capitale, et nos lecteurs suivront avec intérêt le récit de la première expédition de Charles VI, qui fut comme l'apothéose de son sacre royal.

Les Flamands, qui avaient chassé leur souverain, réfugié à la cour de France, sommèrent le conseil du roi d'expulser le comte Louis de Mâle, à peine d'encourir leur vengeance.

A cette insolence et à ce défi des tisserands révoltés, la France répondit en se préparant à la guerre.

Le connétable, Olivier de Clisson, présida avec le plus grand soin à toutes les dispositions. La noblesse française accourut de tous les points du royaume pour prendre part à cette expédition, à laquelle devait assister le jeune roi Charles VI, à peine âgé de quatorze ans et tous les princes du sang royal.

Les Flamands, de leur côté, prirent les mesures les plus vigoureuses et les plus convenables pour résister à la France.

Ils avaient nommé un riche marchand, Piètre Dubois, pour chef de leur république. Au moment de la guerre et pour donner plus de retentissement à leurs préparatifs, ils lui adjoignirent Philippe Artevelle, fils du fameux Jacques, l'allié du défunt roi Edouard d'Angleterre. Ils donnèrent à Artevelle le titre de régent de Flandre, et chaque ville s'imposa à un nombre proportionnel de soldats et de florins d'or. La révolte flamande disposa ainsi d'une armée considérable.

(1) Voir les derniers épisodes des *Grands Jours de la Revanche.*

VII

Le 18 août 1382, le roi de France alla en grande cérémonie lever l'oriflamme à Saint-Denis, et quelques jours après, le gros de l'armée se mit en marche pour la frontière du nord. Au moment d'entrer en Flandre, le connétable divisa en trois corps, selon l'usage, son armée forte de 60 mille hommes, et d'après le plan adopté en conseil de guerre, il la dirigea sur Ypres, Bruges et Gand, principaux foyers de l'insurrection.

Le 9 novembre, l'armée s'ébranla de nouveau pour passer la Lys à Commines ; mais arrivée là, elle trouva le pont rompu, et, de l'autre côté de la rive, elle aperçut un corps ennemi fort de 9,000 hommes, qui, sous les ordres de Piètre Dubois, s'apprêtait à défendre le passage.

Ollivier Clisson essaya de passer sur les débris des arches, mais il ne pût y parvenir. Il envoya alors une partie de ses gens remonter vers la source de la rivière pour trouver un gué. Les seigneurs de Sampi et de Rohan, à la tête de 1,500 hommes, furent chargés de cette exploration. Les eaux, très-hautes en ce moment, rendirent leurs recherches vaines. Ils revenaient sur leurs pas lorsque Sampi aperçut, arrêtées dans la Lys, plusieurs barques qui portaient les bagages de l'armée. Il conçut l'idée d'en faire un pont de bateaux, et parvint avec ses 1,500 hommes sur la rive opposée.

Mais le commandant en chef, le connétable Clisson, ne connaissant pas cette circonstance, était inquiet sur le résultat de l'expédition de Sampi et de Rohan. Il envoya à la découverte le sire de Rieux et 40 cavaliers ; ceux-ci arrivèrent précisément au moment où les soldats des deux hardis capitaines allaient passer. De Rieux descendit aussitôt de cheval, se jeta dans une barque, et rejoignit ses compagnons d'armes. En ce moment, la violence des eaux ayant désuni les barques qui servaient de pont mobile, plusieurs embarcations furent emportées, et les Français qui avaient traversé la Lys se trouvèrent séparés du gros de l'armée, sans moyens pour la rejoindre et sans espoir d'être secourus.

Alors le connétable finit par savoir ce qu'étaient devenus ses lieutenants et les hommes d'armes que ces derniers commandaient. Il les crut positivement perdus, et dans sa douleur, il s'écriait en parcourant le rivage :

— Ah ! Rohan ! Ah ! Sampi ! Je ne vous reverrai plus !

Les Flamands, instruits de cette audacieuse tentative, résolurent d'aller écraser les Français avant le jour pour ne pas leur donner le temps de se reconnaître. Clisson, de son côté, pendant cette nuit anxieuse, voulant sauver à tout prix l'élite de sa noblesse, se mit à la tête des travailleurs et fit des efforts incroyables pour rassembler les débris du pont afin d'en faire une chaussée, mais sans pouvoir y réussir.

Piètre Dubois cependant s'avançait pour surprendre les Français. Sampi, qui s'était placé en éclaireur, entendit venir les ennemis et eut le temps de prévenir ses compagnons d'armes.

Ceux-ci avaient passé la nuit dans les marais, le casque en tête et l'épée au poing, tout prêts à recevoir l'ennemi en cas d'attaque.

Sampi les forma en une espèce de carré faisant face de tous les côtés, et se rapprochant de la rivière pour n'être pas tournés.

Les Flamands, au nombre de 7,000 en cet endroit, regardaient comme assurée la perte des Français, et, se développant en demi-cercle, cherchèrent à les entourer. Ils furent reçus si rudement que, dès le premier choc, ils perdirent beaucoup de monde. Nos troupes combattaient avec une arme nouvelle et terrible : c'était une épée beaucoup plus forte et aussi effilée que les anciennes, et d'une trempe supérieure appelée *fer de Bordeaux*, parce qu'elle se fabriquait dans cette ville.

Les Flamands reculèrent de quelques pas pour se reformer de nouveau, mais Sampi ne leur en donna pas le temps; il se porta en avant en étendant son front.

L'alternative de vaincre ou de mourir redoublait le courage des Français : ils se battaient comme des lions, en poussant le cri de leurs diverses bannières. Les Flamands, qui croyaient les surprendre et les massacrer sans combat, furent surpris à leur tour et s'enfuirent épouvantés. Nos soldats les suivirent sans rompre leur phalange.

VIII

Le connétable qui, de l'autre côté de la rive, entendait les cris des combattants, était dans une cruelle perplexité. L'obscurité profonde qui régnait ajoutait à ses angoisses. Enfin, indigné de ne pouvoir secourir ses braves compagnons d'armes, il s'élance de nouveau sur les débris du pont, et donne à chacun l'ordre d'en tenter le passage. Une partie de son avant-garde se jette à l'eau et nage vers la rive opposée; lui-même il saute sur les ruines du pont et s'y maintient; les soldats traînent des poutres à force de bras; le désespoir redouble les forces de chacun; enfin, après des efforts surhumains, les Français parviennent à franchir le passage, et leurs cris de victoire se mêlent à ceux des soldats de Sampi. Ce qui reste de la première colonne des Flamands est taillé en pièces, leur chef, Piètre Dubois, est tué, et Clisson serre dans ses bras ses braves lieutenants qu'il croyait perdus pour jamais.

Ce glorieux combat avait ouvert à l'armée les portes de la Flandre. Elle s'avança vers Ypres, qui se rendit sans coup férir et s'y établit. Pendant ce temps, Artevelle se portait vers Gand, où il préparait ses moyens de défense.

Après avoir réuni toutes ses forces, il sortit de Gand et se porta à la rencontre des Français. Il s'établit sur un plateau près de Courtray. Le connétable, de son côté, leva son camp et vint prendre position en avant de Rosbecque, à six lieues d'Ypres. Le lendemain, 26 novembre, il alla lui-même reconnaître la position de l'ennemi, et, d'après son rapport, il fut convenu qu'on l'attaquerait dans ses retranchements.

Les Flamands qui, à défaut d'expérience de la guerre, se laissaient guider par leur instinct, ayant de leur côté fait examiner les forces des Français, résolurent de les attendre dans cette position qu'ils croyaient inexpugnable.

Groupés autour de leurs chefs, ils écoutaient leurs harangues grossières, où il était question de tuer toute la noblesse française, et de n'en excepter que le roi pour l'amener à Gand comme le trophée de la victoire.

Tous cependant n'avaient pas la même confiance dans le succès. L'Angleterre avait promis de leur envoyer une division de ses meilleures troupes: ce secours n'était pas arrivé; et si à Gand, loin de l'ennemi, on se félicitait de l'absence des Anglais, de peur qu'ils ne s'attribuassent la victoire, qu'on regardait comme certaine, il n'en était pas de même au moment du combat en présence d'une armée forte et aguerrie comme l'armée française. Philippe Artevelle, lui-même, n'était pas très-rassuré; mais pour relever le courage de ses officiers, il les réunit sous sa tente, et leur fit servir un banquet splendide où l'on fit force libations en l'honneur de la victoire qu'ils devaient remporter le lendemain.

Au point du jour, le 27 novembre, le connétable rangea son armée en bataille; il la divisa en cinq corps. Le principal fut celui du centre où se trouvaient le roi, les princes et l'oriflamme. Huit cents chevaliers avaient été chargés de la garde particulière du jeune roi. Deux devaient tenir son cheval pendant l'action.

On fit d'affreuses noyades en Seine.

L'aile gauche marchait sous les ordres d'Enguerrand de Couci, maréchal de France.

L'aile droite avait pour chefs les maréchaux de Sancerre, de Blainville et Jean d'Artois.

La réserve était commandée par les ducs de Bourbon et de Berri, et l'avant-garde, qui devait couvrir le front du centre, par Beau-Manoir, Rohan et Laval.

Clisson, pour cacher à l'ennemi la réalité de ses forces, disposa son armée de manière à ne présenter qu'un front très-étroit. Il avait, à cet effet, effacé ses deux ailes qui se repliaient en arrière sur le centre.

IX

Cette disposition permettait aux Flamands de s'étendre dans la plaine, et elle donnait au général français la faculté de les envelopper entièrement par un mouvement simultané de ses deux ailes; mais pour arriver à ce résultat, il fallait forcer ceux-ci à sortir de leur retranchement.

Il envoya un corps de 3,000 hommes commandés par Beaumanoir, pour engager une attaque sur leurs premières lignes, et les décider ainsi à une action générale. Cette tentative réussit. L'officier français s'avança si résolument au milieu des Flamands, qu'il arriva jusqu'à la tente d'Artevelle; mais bientôt, entouré de toutes parts et serré de près, il faillit périr victime de son audace. Il parvint cependant à se frayer un passage et à rejoindre l'armée, après avoir, avec 3,000 soldats, attaqué une armée de 60,000 hommes.

Les ennemis, en le voyant fuir, demandèrent le combat à grands cris, et leur chef, aussi imprudent que ses troupes, se laissa entraîner par leur ardeur. Il abandonna sa position, et, par un mouvement de flanc, il passa avec toutes ses forces sur la montagne du Mont-d'Or, qui se liait à la plaine par une pente insensible et s'élevait en amphithéâtre vis-à-vis le corps de bataille des Français.

Le connétable vit avec joie le mouvement de l'ennemi, et aussitôt il fit sonner les trompettes et déployer l'oriflamme. Il était alors midi. Le brouillard qui avait régné dès le matin, se dissipa tout-à-coup, et les français purent apercevoir les lignes de bataille de leurs adversaires.

L'armée allemande offrait un étrange coup-d'œil en ce moment. Les troupes portant des bannières bariolées, revêtues de costumes différents et de couleurs tranchantes, armées de piques et de longues lances, étaient rangées ou massées par ordre de métiers. Leur effectif était de 60 mille hommes environ.

Les Français au contraire, revêtus d'armures solides, brillantes et que le soleil faisait resplendir, présentaient un front de bataille important et sévère.

X

A leur aspect, l'enthousiasme des chefs ennemis fit place à tous autres sentiments; mais ils étaient trop avancés pour refuser le combat. Leur avant-garde heurta violemment la première ligne des Français ; elle fut repoussée. Ils tentèrent alors une attaque générale.

Ces soixante mille hommes formés en masses serrées, entrelacés les uns aux autres par le bras, glissèrent du haut de la montagne tous ensemble et vinrent, comme un rocher qui se détache, frapper le front de l'armée royale, qui, ne pouvant résister à ce choc, recula de plusieurs pas en arrière et chancela pour ainsi dire comme si le sol eut tremblé sous ses pieds.

Cependant, les chevaliers français se remirent promptement de ce choc imprévu et auquel rien ne pouvait résister. A leur tour, ils s'élancèrent sur les Flamands et regagnèrent le terrain perdu. Il se passa alors une affreuse mêlée et dont personne ne pouvait prévoir l'issue. On se joignit pied à pied, corps à corps, avec une incroyable fureur.

Après ce premier mouvement de transport, Clisson qui s'était battu au premier rang pour donner l'exemple comme soldat, s'arracha de la mêlée pour remplir sa mission comme général en chef. Il accourut à l'aile gauche, composée en partie de cavalerie, et la conduisit contre l'extrême-droite des Flamands. En même temps, il donna l'ordre à Couci de répéter ce mouvement avec l'autre aile, et l'on vit les deux corps d'armée exécuter un cercle qui, se rejoignant derrière les ennemis, les entoura de toutes parts comme dans un mur de fer ; puis ce cercle se rétrécissant sensiblement, ils furent attaqués de toutes les faces à la fois.

Les Flamands, après avoir vainement cherché à percer le front de cette muraille vivante, tentèrent de pénétrer jusqu'au roi Charles VI, qu'ils distinguaient au loin au milieu des bannières et des lances. Tous leurs efforts furent inutiles.

Le cercle cependant se resserrait de plus en plus autour d'eux. Les Français, armés d'épées effilées, traversaient facilement les pourpoints et les mailles des Flamands, et fendaient leurs casques à grands coups de hache. « On aurait cru, dit Froissard, entendre tous les forgerons de Bruxelles et de Bruges frapper sur leurs enclumes. »

Bientôt ces soixante mille hommes, qui occupaient au moment de l'action un espace immense, se trouvèrent tellement pressés, qu'ils ne purent plus se mouvoir et qu'ils recevaient la mort sans se défendre. Du centre de cette masse s'élevaient des cris sourds et horribles, c'étaient les derniers gémissements, le râle d'agonie de ceux qu'étouffait cette pression incessante.

XI

Le connétable de France, qui craignait que par un effort désespéré ils ne parvinssent à se dégager, fit ouvrir un passage au point où les deux ailes avaient opéré leur jonction. Les ennemis s'y précipitèrent pour sauver leur vie ; mais la cavalerie les attendait au passage pour les massacrer.

Cependant les assaillants de l'avant-garde, voyant qu'ils n'avaient plus qu'à mourir, cherchaient toujours à arriver jusqu'au jeune monarque pour l'immoler et venger ainsi leur trépas. Mais autour de lui combattaient les meilleurs chevaliers, et Clisson arrivant au moment où une partie de ces assaillants étaient écrasés, acheva de les accabler. Presque tous ceux qui étaient là furent immolés. Il périt, disent les chroniques, trente-cinq mille Flamands dans cette bataille. Artevelle et les principaux de leurs chefs avaient été tués. Les Français étaient tellement fatigués d'avoir frappé qu'ils ne cherchèrent pas à poursuivre les fuyards. Ils couchèrent sur le champ de bataille.

Le lendemain, le roi de France voulut visiter le lieu du combat. Il parcourut au milieu des cadavres ce champ de carnage. Sur sa demande, on lui montra le corps d'Artevelle; il n'avait reçu aucune blessure; il avait été étouffé ou plutôt *éteint,* selon l'énergique expression de la chronique.

La bataille de Rosbeque fut décisive. La Flandre entière se soumit.

XII

Les régents de France revinrent bientôt à Paris avec l'armée victorieuse. Ils avaient hâte, maintenant qu'ils avaient le prestige du succès, la force et la confiance de l'armée, de faire un exemple terrible à la suite de la révolte des Maillotins. Paris fut en quelque sorte considéré comme ville conquise ; les troupes campèrent sur les places, dans les carrefours, au milieu des rues. Des perquisitions furent faites dans toutes les demeures et les recherches portèrent surtout dans la bourgeoisie, où le gouvernement voulait à tout prix trouver les fauteurs de la révolte.

De continuelles et sanglantes exécutions eurent lieu. Les ordonnances d'impôts maintenues et aggravées, la terreur érigée en système. C'était une effroyable réaction. On fit d'affreuses noyades en Seine.

Non content d'abattre le nombre, les régents s'en prirent à la qualité et on arrêta en ces jours de vengeance atroce et aveugle Jean Desmarest, l'avocat général célèbre du Parlement de Paris. Il fut le seul des magistrats qui osa rester dans cette ville lors de la révolte des Maillotins; compris par les oncles du roi Charles VI parmi les auteurs présumés du mouvement, il fut accusé de haute trahison.

Il n'avait pourtant commis d'autre crime que d'opposer une sévère intégrité aux dilapidations des régents ; c'était assez pour le faire disparaître juridiquement sous un prétexte de régicide. On l'envoya à la mort, à la grande indignation de Paris désarmé et stupéfié. On l'engageait à demander sa grâce au roi : Desmarest répondit que ayant servi avec loyauté Philippe VI, Jean-le-Bon et Charles V, il se croyait dispensé d'humiliantes excuses et qu'il ne demandait rien au jeune roi actuel, parce que, d'ailleurs, il le savait étranger aux exécutions abominables qui se faisaient dans Paris.

Il fut traîné au supplice, et ce grand citoyen périt avec la fermeté d'âme que laissent deviner les paroles que nous venons de rapporter.

XIII

Si Charles VI débutait par une grande victoire, son règne s'annonçait, on le voit, sous de sombres auspices, et, inconsciemment, le jeune successeur du sage Charles V se trouvait mêlé à une affreuse politique de réaction destinée à cacher l'ambition et l'appétit des frères du défunt roi, aujourd'hui souverains de fait, puisqu'ils étaient les régents du royaume.

Une nouvelle révolte des Gantois rappela en Flandre le jeune Charles VI et l'arracha ainsi à ce Paris terrifié et ensanglanté par la réaction. Deux ans entiers se passèrent pour le roi et ses vaillants capitaines à guerroyer dans ce turbulent pays du Nord où, par une contradiction singulière, l'esprit de guerre et de révolte marchait de pair avec les instincts les plus laborieux et les plus industrieux. Le roi de France fit là son apprentissage de guerre, et il faut le dire à sa louange, il rechercha les occasions de faire acte de clémence, car le souvenir de la réaction de Paris pesait à sa jeune âme ouverte au bien et à la générosité.

Il lui fallut cependant bientôt rentrer à Paris, parce que les ministres ou plutôt les oncles négociaient en ce moment son mariage avec la fille du duc de Bavière.

La jeune Isabelle avait alors quatorze ans. Nous avons dit qu'elle était élevée dans le goût du luxe et des plaisirs, sans que cependant son éducation fut délicate et raffinée. Il lui tardait déjà, à cette toute jeune fille, de briller comme souveraine à la première cour de l'Europe, et si le duc de Bavière avait hâte de conclure une alliance politique de premier ordre pour lui, sa fille était plus empressée encore de voir consacrer un mariage où des instincts de passion précoce et d'ambition extraordinaire à son âge la poussaient avec ardeur.

XIV

Charles VI avait dix-sept ans à peine. Entendant vanter la beauté merveilleuse de sa fiancée, il désira la voir, et, dans ce but, une entrevue fut fixée à Amiens, où le roi devait se rendre sous le prétexte d'un pélerinage à Saint-Jean.

La cour de Bavière organisa son excursion de manière à ne pas manquer à ce royal rendez-vous et d'y faire entourer de magnificence la jeune Isabelle.

Le jeune frère du roi, le comte de Valois, Louis, devenu duc d'Orléans, âgé de seize ans, alla, avec une foule brillante, au devant de la future reine.

C'était en juillet 1385. Louis d'Orléans vit le premier la jeune Isabelle. Avec l'ardeur des passions qui le transportaient adolescent, le frère de Charles VI fut violemment épris de la princesse de Bavière, et il osa avouer à celle-ci qu'il donnerait sa part du Ciel pour le bonheur d'être l'époux d'une aussi ravissante beauté.

Isabelle fut sensible à ce premier compliment si passionné qu'elle recevait, sur une terre française, de la part du jeune et beau cavalier royal qui venait la recevoir au nom de son futur époux.

A Amiens, où les deux cours furent réunies, Charles VI se sentit immédiatement enflammé, et il exigea des régents de France et du duc de Bavière qu'on célébrât de suite un mariage sollicité par son cœur et son amour.

Charles VI était d'un tempérament ardent et impétueux. Il était précoce de corps et d'esprit. Par l'intelligence et la générosité d'âme il tenait de son père, le sage roi Charles V; par l'ardeur physique, il tenait de son aïeul Jean-le-Bon. Mais le sang emportait la pensée, et le jeune Charles écoutait volontiers les excitations de la passion. Il était de bonne heure, libertin et débauché; très-débauché même et, à ce point, que son esprit s'en affaiblissait, et que ses oncles, les régents du royaume, accédèrent à son désir lorsqu'il exigea d'être immédiatement uni, à dix-sept ans à peine, à Isabelle de Bavière.

Le duc de Bourgogne surtout, dans un intérêt politique facile à comprendre, se hâta de faire la volonté du jeune roi, parce que sa fiancée se trouvait être la cousine de Marguerite de Bavière, fille du duc Albert et épouse de Jean, comte de Nevers, fils et héritier du duc de Bourgogne. Le mariage ou plutôt les fiançailles de Jean et de Marguerite avaient eu lieu le 12 avril de la même année.

C'est ce jeune héritier de Bourgogne, qui avait pour écuyer un jeune homme qui avait été le page de sa mère la duchesse, et qui était le fils de l'homme-loup, dont nous avons parlé dans les *Grands Jours de la Revanche* (1). Nous aurons occasion de retrouver bientôt le comte de Nevers et sa cour particulière.

Nous revenons au mariage du roi de France.

XV

La cérémonie eut lieu à Amiens, le 17 juillet 1385.

Les fêtes d'Amiens furent magnifiques; le roi et la nouvelle reine de France furent servis par les plus grands seigneurs à cheval, car c'était ainsi la coutume.

Des échansons, des officiers de bouche portaient les plats aux cavaliers couverts d'armures, et ceux-ci les posaient sur la table du roi et de la reine.

Le premier pair de France, c'est-à-dire le duc de Bourgogne, s'assit à la droite de la reine, malgré le duc d'Anjou qui excipait de son titre d'aîné des oncles du roi. Cette querelle faillit un moment devenir sanglante : Charles VI supplia ses oncles, avec beaucoup d'esprit, de ne pas se disputer à un repas de noces, ils en auraient le temps après! — La paix se fit, le duc de Bour-

(1) Voir le volume complet des *Grands Jours de la Revanche*; 2 fr. 50, chez M. Claverie, 8, rue du Croissant, à Paris, et chez tous les libraires.

gogne, maintenant son droit, et les fêtes continuèrent fastueuses au possible. La foule brillante des seigneurs français et étrangers était considérable dans cette ville d'Amiens où se célébrait un mariage qui devait être si funeste à la France.

Isabelle de Bavière, que Charles VI appela d'un nom gràcieux : *mon cher Isabeau*, était un miracle de beauté, nous l'avons dit. Ces deux beaux enfants, le roi et la reine, qui devançaient, disent les vieilles chroniques, la nature et la raison par leur force, leur prestance, leurs propos amoureux, se donnèrent si vite et si complétement l'un à l'autre, que les fêtes purent se continuer sans que les mariés, deux vrais et ardents amoureux, y fissent attention.

Par un bizarre caprice, Charles et Isabelle demandèrent à passer trois jours et trois nuits en « chartre privée » c'est à-dire enfermés dans un hôtel seigneurial, bien clos et bien gardé, où ils voulaient se tenir dans le bonheur intime, sans trouble et sans témoins.

Nous entrons dans tous ces détails historiques afin de faire bien connaître les mœurs, les caractères et les personnages de ce récit.

Quand la cour de France et celle de Bavière se furent « amusées à merveille, » il fallût songer à rentrer à Paris, au siége du gouvernement.

L'histoire nous a conservé le souvenir de l'entrée de la reine de France dans « dans sa bonne ville, » et le compte-rendu détaillé des fêtes et des magnificences nécessitées par cette entrée triomphale.

Depuis Saint-Denis jusqu'à Paris, le chemin était jonché de fleurs et de feuillage, ayant des tentures les plus riches aux deux côtés de la voie ; des dais et des arcs de triomphe de distance en distance ; des tréteaux pour les bateleurs, les comédiens, les joueurs des *anciens mystères*. Sur ce long parcours, le luxe et la magnificence, les créations originales éclataient à chaque pas.

Paris renouvela donc à son tour les fêtes d'Amiens.

Mais les plaisirs n'étaient pas tous en plein air. Le palais du roi, les hôtels des seigneurs s'ouvrirent à une série de divertissements dont il nous est interdit de faire l'énumération, parce que tout ce que peut inventer la débauche fut alors à la mode dans les jeux, les danses, les repas et les folies des seigneurs réunis à Paris.

Isabelle de Bavière entrait avec le vice, et elle l'inaugurait de la manière la plus scandaleuse ; car après avoir voulu passer quelques jours en secret amoureux avec le roi, à Amiens, elle dansa avec le frère du roi, à Paris, avec le duc d'Orléans et dans une ronde lascive, Isabelle ne se gêna pas pour donner un retentissant baiser à son beau-frère, en lui disant ces mots entendus de toute la cour : « Et toi *aussi je t'aime !* »

Fêtes à la cour pour le mariage de Charles VI.

C'est de ce moment que datent les amours criminelles d'Isabeau et de Louis d'Orléans.

Cependant nous ne pouvons pas insister sur un secret que les chroniques les plus indiscrètes et les plus scandaleuses du temps n'ont pas pénétré avec certitude. Le moment va venir où nous allons retrouver nos personnages se dévoilant sans honte et alors, rien qu'en suivant l'histoire, nous assisterons aux scènes les plus douloureusement criminelles dont on puisse faire mention, et que le romancier qui est ici, avant tout, patriote et honnête, ne présentera que sous le jour le plus acceptable pour des lecteurs également honnêtes et patriotes.

Les scènes et les scandales qui vont influer d'une manière si désastreuse sur la politique et sur la raison du roi de France, sont postérieures à l'époque où nous nous trouvons : car il s'agit encore du début du règne de Charles VI, et le successeur de Charles V est relativement heureux, comme la France est relativement prospère et tranquille, malgré les exactions de la régence rapace des ducs de Bourgogne et de Berry.

XVI

Charles VI nourrissait le secret dessein de tirer de l'Angleterre une vengeance éclatante.

La nation étrangère qui avait tant piétiné sur notre sol, qui avait fait répandre tant de sang généreux, qui avait fait prisonnier l'aïeul du monarque régnant, était pour celui-ci un objet de haine incommensurable, et Philippe-le-Hardi, oncle du roi, le héros de la bataille de Poitiers, entretenait dans l'âme du jeune souverain l'idée de demander enfin au sort des armes une réparation de tant d'outrages et de tant de maux.

Venger la patrie, venger l'honneur national, l'honneur de tant de guerriers morts ou captifs, l'honneur des sillons ensanglantés, des villes détruites, des générations hachées sans merci, tel était le rêve du duc de Bourgogne, telle fut la pensée dominante du jeune roi.

Charles VI s'ouvrit à ses conseillers, aux régents, aux grands capitaines et surtout au connétable de France, de l'idée d'un débarquement en Angleterre.

Le connétable, le glorieux Ollivier Clisson, vainqueur de Rosebeque, appuya chaleureusement le patriotique projet du roi.

Alors des ordres furent immédiatement donnés pour qu'on armât au port de l'Écluse, en Flandre, une flotte considérable capable de transporter jusque sur les côtes d'Angleterre une armée française d'au moins trente mille combattants.

En ce moment, le plus vaillant capitaine d'outre-Manche était parti pour guerroyer en Castille, et les circonstances étaient des plus favorables.

Un mandement royal convoqua en Flandre toute la noblesse et tous les capitaines de compagnies franches. On devait s'embarquer au plus tard au milieu de l'été de 1386.

Les travaux commencèrent et se poursuivirent sur une grande échelle. Jamais l'Angleterre n'avait été aussi sérieusement menacée. Une invasion française heureusement combinée, pouvait avoir pour résultat de remettre en question l'existence nationale de la Grande-Bretagne par l'ardeur qu'on devait attendre de Français disposés à tirer une terrible vengeance des maux que nous avaient infligés les triomphes obtenus sur notre sol par l'Anglais envahisseur.

On travailla donc sans relâche à construire des navires, à approprier des moyens de transports sans nombre, et les provisions ainsi que les munitions de guerre s'accumulèrent dans tous les ports du Nord et du Pas-de-Calais.

Le roi de France s'était rendu à l'Écluse avec la cour et l'état-major d'embarquement. Le duc de Berri manquait seul au rendez-vous et le roi l'attendait instamment.

De son côté, le connétable Clisson faisait armer à Tréguier une flotte secondaire destinée à aller renforcer la flotte principale de l'Écluse. En plus des navires de transport, Clisson faisait construire par pièces démontées une « ville de bois » qu'on devait transporter sur la flotte, et qui, une fois l'expédition arrivée en Angleterre, devait être remontée en pays ennemi, pièce par pièce, pour servir d'abri au roi, à la cour, à tout l'état-major des commandants et des capitaines de l'armée française.

Le duc de Berry n'arrivait pas cependant. Sa lenteur était calculée ; on sut plus tard que ce prince rapace, (quel fléau pour la France que la plupart des Valois !) avait reçu de l'argent anglais pour faire avorter l'expédition projetée. La France pour des êtres semblables ne comptait plus. Le duc de Berry, beaucoup de princes du sang, avant lui et après lui, avaient fait bon marché de l'honneur national et du patriotisme. Tous n'étaient pas ainsi, heureusement ; mais quelque restreint qu'il soit, le nombre des traîtres est toujours trop grand pour un pays.

On ne pouvait pas s'embarquer sans le duc de Berry qui était membre du conseil de régence et qui conduisait avec lui un grand et utile renfort de troupes expéditionnaires. Il devait également recevoir sur son passage des fonds versés par anticipation sur les impôts. Le duc n'arrivait pas.

Le roi de France lui envoya messagers sur messagers, car la belle saison d'été finissait ; on entrait dans les équinoxes d'automne ; un débarquement en Angleterre pouvait devenir dangereux par le gros temps de la Manche, et alors surtout que l'expédition française entraînait avec elle une multitude d'embarras grossis encore par l'inexpérience de la navigation à cette époque.

XVI

Malheureusement le duc de Berry n'arriva point ; les mois, les jours, s'étaient passés ; il fallut renoncer au projet gigantesque de l'envahissement de l'Angleterre et ajourner cette expédition à l'année suivante. C'était dire que le projet était rompu.

Le connétable Ollivier Clisson arriva bien, à travers vents et tempêtes, avec sa flotte, de Tréguier. Mais il n'était plus temps d'utiliser ce précieux concours. On licenciait en ce moment l'armée expéditionnaire, et le roi, profondément affecté de ces contre-temps, rentrait à Paris.

Les Anglais, navigateurs experts et hardis, profitèrent de cet ajournement si heureux pour leur pays. Ils armèrent une escadrille de corsaires qui vint jusqu'au port de l'Écluse attaquer la flotte française, la couvrir de fusées et l'incendier en grande partie. Ainsi, en admettant que la France eût voulu reprendre en 1387 son projet de descente sur les côtes britanniques, les moyens lui en étaient ravis maintenant, car l'Anglais ne quitta nos eaux qu'après avoir totalement détruit les innombrables vaisseaux laissés à l'ancre en attendant une autre occasion de prendre la mer.

Le duc d'Orléans avait devancé le roi à Paris. Louis entrait maintenant dans sa dix-septième année, et il était amoureux fou de la reine de France. Celle-ci ne désespérait pas ce bel adolescent si amoureux.

Les oncles du roi s'aperçurent avant celui-ci du scandale. Ils résolurent d'y mettre un terme en négociant le mariage de l'ardent frère de Charles VI avec la belle Valentine de Milan. Des ambassadeurs furent envoyés à cet effet auprès de Jean Galéas Visconti, et les envoyés de France trouvèrent à Milan une ravissante jeune fille qui ne soupirait qu'après ce bonheur : s'unir à un noble chevalier des fleurs de lys.

En attendant la réalisation de ce beau rêve, Valentine avait demandé à son père l'érection de cette superbe cathédrale, la merveille des siècles, qui ressemble à une forêt de marbre blanc avec ses aiguilles, ses flèches, ses clochetons. C'est de la pensée de Valentine qu'est venue la splendide église, qui porte dans les arts le nom de Dôme de Milan, et qui renferme aujourd'hui le tombeau des ducs de Milan et de saint Charles Borromée, le célèbre archevêque de la capitale de la Lombardie.

C'est au milieu des nobles préoccupations de cette construction sans égale que les ambassadeurs de la cour de France trouvèrent la belle Valentine. Elle se fia à son père et à Dieu pour le soin de l'édification du Dôme, et elle ne mit pas longtemps à dire *oui* aux envoyés français.

Les fiançailles furent arrêtées aussitôt, et la nouvelle duchesse d'Orléans devait apporter à son époux deux millions de livres d'or, le comté de Vertus, qu'avait eu en France sa mère Isabelle de France, fille de Jean-le-Bon, et l'éventualité de la succession pour ses enfants du duché de Milan, si Galéas Visconti n'avait point de postérité mâle.

Il fut convenu que l'union des deux jeunes gens aurait lieu un an après.

XVII

Sur ces entrefaites mourait tragiquement à Pampelune l'ennemi implacable de la maison de Valois.

Nous voulons parler de Charles-le-Mauvais, dont on peut lire dans les *Grands jours de la Revanche* les aventures et les forfaits.

Humilié sans cesse, rejeté dans son petit royaume de Navarre, n'ayant plus rien en France, lui qui y avait tant possédé de territoires, lui qui avait failli être proclamé roi des français à Paris, par la faction d'Étienne Marcel, Charles-le-Mauvais dévorait en silence ses ressentiments farouches et de temps en temps, il demandait au poison les moyens rapides de se défaire d'un ennemi puissant.

Ainsi il avait empoisonné Charles V; ainsi il avait cherché à empoisonner le célèbre comte de Foix, Gaston-Phœbus; ainsi il essayait encore d'envoyer du poison à Charles VI et à ses oncles.

Perdu de crimes et de débauches, n'ayant plus sa maîtresse Bella de Berga qu'il avait fait étrangler par jalousie ou par folie — on ne le sait —, il se faisait servir dans son palais des jeunes filles à peine nubiles, avec lesquelles il achevait de ruiner sa santé et son esprit. Il avait à peine 48 ans, et s'il n'avait pas été le plus grand scélérat de la terre, l'histoire politique et militaire du moyen-âge aurait pu le compter parmi les plus vaillants hommes, les plus éminents esprits de cette époque.

Un soir de 1387, il se rendit dans une haute galerie ouverte à la brise, assez rare en été et surtout en Espagne. Là, dans ce *paseo* d'amour, il se donna aux ardents baisers d'une favorite de circonstance et bientôt après, saisi par l'air subitement frais et pris de frissons au milieu des voluptés, il fut obligé de rentrer dans ses appartements royaux et de se coucher avec la fièvre.

On s'empressa de courir aux ordres et aux appels du roi ; et comme à cette époque l'eau-de-vie venait d'être découverte par les alchimistes, on recourut à un moyen extrême pour réchauffer le corps de Charles-le-Mauvais, qui se refroidissait de plus en plus.

Charles fut enveloppé, et en quelque sorte cousu dans une couverture tout imbibée d'alcool. Une chaleur factice semblait revenir, mais la fièvre n'en était pas moins latente et la paralysie faisait à son tour de rapides progrès.

Le valet de chambre commis, pour veiller auprès du roi pendant la nuit, aspergea de nouveau avec de l'eau-de-vie la singulière enveloppe du malade, mais soit hasard, soit crime, le feu se trouva mis tout-à-coup aux draps imbibés dans lesquels était cousu le roi, et Charles-le-Mauvais fut enveloppé de flammes au milieu desquelles il rôtissait littéralement.

A ses cris de désespoir, à ses hurlements de douleur, les valets n'osaient point répondre en éteignant le singulier incendie du lit royal, parce qu'une étiquette de la cour de Navarre défendait aux non-nobles d'approcher d'un roi, de le toucher, de le relever même en cas de chute.

Le temps qu'on perdit à aller quérir les chambellans, les grands personnages de la cour, fit que Charles-le-Mauvais se trouva consumé vivant dans son linceul homicide, et quand ceux qui pouvaient lui porter secours arrivèrent, il n'y avait plus qu'un cadavre carbonisé, et le grand agitateur de ces temps-là, le vicieux personnage de cette époque, avait vécu !

XVII

Cette nouvelle causa à Paris une sensation extraordinaire.

Charles-le-Mauvais ne disparaissait pas, en effet, de la scène du monde, sans réveiller tout-à-coup dans l'esprit des vieux contemporains de cette tragique époque les souvenirs les plus extraordinaires.

Le roi de Navarre s'était trouvé mêlé aux événements et aux intrigues qui caractérisèrent les premiers jours du règne de Jean-le-Bon ; à la révolution parlementaire de 1356, après la bataille de Poitiers ; aux agitations de Paris, sous Étienne Marcel, et de la province sous la Jacquerie. Il avait été l'âme et l'inspirateur de toutes les révoltes ; puis il avait tout abandonné, ses amis, ses alliés, les malheureux révoltés qu'il aida à châtier d'une manière terrible.

Il avait embrassé toutes les causes funestes au trône et à la France. Il entretenait des bandes de grandes compagnies et il arborait la bannière des Anglais.

Pour réduire un tel homme qui séduisait par son éloquence, qui gagnait les âmes et les bras à force d'or et d'habileté ; le régent du royaume, qui fut plus tard Charles V, n'avait pas eu trop de toute son habileté propre et du concours tout puissant de Duguesclin, dont le pommeau de la rude épée servit plusieurs fois à assommer, sinon, à écraser la tête de cette vipère.

Les Valois redoutaient ce compétiteur permanent et ennemi implacable ; et les conseillers du royaume le considéraient comme un fléau vivant.

On lui faisait son quatrième procès par contumace, devant le parlement de Paris, pour crime de tentative nouvelle d'empoisonnement et on le condamnait à mort, à la confiscation des rares débris de tous les apanages que Charles-le-Mauvais avait possédés en France, lorsqu'on apprit enfin le dénouement terrible de cette existence maudite.

XVIII

Cet événement décida la cour de France à faire remplir au jeune roi la promesse qu'avait faite au Languedoc le duc de Berry de conduire le souverain dans le midi pour ratifier la paix imposée par Gaston-Phœbus.

Il s'agissait de ratifier également et d'une manière solennelle, la réunion à la France de la province de Montpellier, qui avait été enlevée à Charles-le-Mauvais. Celui-ci mort, on pouvait consacrer, sans danger de guerre ou de complot la saisie et la réunion irrévocable de la province à la couronne.

Charles VI, pendant les couches d'Isabeau de Bavière se rendit, en 1388, à Avignon, pour voir le pape et pour conférer avec la cour pontificale de la couronne de Naples que le duc d'Anjou, oncle du roi convoitait ardemment.

D'Avignon, Charles VI et son conseil avec la suite nombreuse et brillante qui les accompagnait se rendirent en Languedoc et arrivèrent à Toulouse où le comte de Foix avait été mandé.

Gaston-Phœbus se trouvait à Orion auprès de sa favorite, son consolateur et son conseil, lorsqu'il reçut la nouvelle de l'arrivée du roi de France à Toulouse et l'inviation à venir saluer Charles VI.

Le suzerain de Béarn se hâta de prendre les dispositions nécessaires pour faire en grand et magnifique équipage sa visite au successeur de Charles V.

Tous les barons et chevaliers béarnais, ceux de Bigorre et de Foix, furent mandés par le suzerain pour se trouver à Tournay, près de Tarbes, dans la huitaine du mandement avec leurs pages, leurs varlets, leur suite la plus brillante.

Gaston-Phœbus arriva ainsi à Toulouse à la tête de plus de huit cents hommes, tous à cheval et composant l'élite de sa noblesse.

Les capitaines et la population, à Toulouse, se portèrent au devant du célèbre gouverneur qui avait vaincu tous ses ennemis sur le champ de bataille, qui n'avait jamais essuyé une seule défaite, qui avait prodigué l'or pour chasser l'Anglais du Midi de la France et qui avait avait défendu les franchises du Languedoc contre la rapacité du duc de Berry.

C'était un bon génie et un libérateur qu'on allait saluer en se portant au devant du grand seigneur méridional.

Gaston-Phœbus fit ainsi, le roi de France étant déjà dans la capitale du Midi, une entrée triomphale à Toulouse, au milieu des flots de toute une population reconnaissante et enthousiaste.

Gaston était à cheval ; son destrier tenu par deux pages à pied à la livrée éclatante, était richement caparaçonné de cuir rouge de Cordoue, avec des clous, des franges et des arabesques d'or; il portait lui-même une armure fabriquée et ciselée en Italie, son heaume portait le panache blanc des suzerains; magnifique et avec sa taille haute, son visage fier, quoiqu'une teinte de mélancolie traversât cette belle figure à la barbe grisonnante, Gaston-Phœbus dominait le groupe du premier plan et il attirait naturellement l'attention et les acclamations de tout le monde.

A sa droite chevauchait un jeune homme de 17 ans, Yvain de Foix, son fils naturel, le fils de la favorite Goïta d'Orion. Depuis la mort de Gaston de Béarn, le fils légitime et l'héritier de Gaston-Phœbus, Yvain avait toute l'affection de son père et celui-ci ne souhaitait qu'une chose : faire passer sa couronne et son héritage à cet enfant de l'amour.

Yvain était un merveilleux type d'élégance et de beauté.

A gauche chevauchait l'autre fils naturel du comte, Gratien de Foix autre enfant de Goïta. Il n'avait que 15 ans. Egalement aimé de son père, il était destiné à recueillir une importante part de la fortune colossale de Gaston-Phœbus.

Derrière, chevauchaient les grands seigneurs, les chanceliers, les sénéchaux de Foix, de Béarn et de Bigorre; les grands noms que nous avons connus depuis les *Grands jours de la Revanche.*

Tel était le cortége de Gaston-Phœbus.

On descendit dans le couvent des Cordeliers, approprié pour la circonstance, le roi de France étant au château de Toulouse.

On annonce la mort de Goïta.

Le duc de Bourgogne fut le premier qui vint saluer et embrasser le seigneur de Béarn.

L'audience solennelle du roi était fixée pour le soir.

Le jeune roi fut informé dans son palais de la réception extraordinaire qui avait été faite au comte de Foix. Il avait lui-même une vive admiration pour ce grand et magnifique seigneur dont tous les poëtes, tous les ménestrels, chantaient la gloire et la générosité; dont le roi Charles V avait tant vanté la prudence et le patriotisme.

XIX

Le duc de Bourgogne qui avait toujours été si sympathique à Gaston-Phœbus, ne contribua pas peu à préparer l'esprit du jeune roi à se montrer favorable au suzerain de Béarn, car les ducs d'Anjou et de Berry avaient au contraire cherché à déconsidérer le comte de Foix.

Celui-ci arriva le soir, à l'heure de l'audience du roi, suivi de ses fils, de ses chanceliers, sénéchaux, grands barons et chevaliers.

C'est à cheval que Gaston-Phœbus se rendit à la demeure du roi : Il était précédé de trompettes, de hérauts, de porte-bannières et escortés de torches. Ce fut un nouveau spectacle pour les Toulousains, de tout temps amis de l'éclat et de la parade.

Devant le palais du roi, Gaston-Phœbus et sa suite mirent pied à terre.

Cette fois le comte était vêtu de velours noir avec des crevés d'étoffes de soie et d'or.

Il portait le collier des ordres royaux de Portugal, le portrait en miniature de Charles V, retenu par un chaîne héraldique.

Sur ses épaules était un grand manteau rouge bordé d'hermine, insigne de sa royauté indépendante.

Il monta vers les appartements du roi ; il s'avança avec sa suite brillante, tête nue, dans la grande galerie, où tous les seigneurs de France se trouvaient assemblés, et au fond de laquelle, sous un dais bleu fleurdelysé, se tenait le jeune roi.

Charles VI alla au-devant du comte de Foix dont l'entrée faisait une sensation indicible. Gaston-Phœbus s'était incliné et avait mis un genou en terre. Le roi le releva et l'embrassa.

Le jeune roi exprima en son langage très-affable et très-élégant le plaisir que lui causait la vue d'un noble seigneur, aussi illustre par son nom que par sa puissance et par les services si nobles et si désintéressés rendus à la cause française.

Gaston-Phœbus ne fit pas de fausse modestie, mais il répondit au roi que le dévouement dont il avait cru devoir faire preuve se trouvait aujourd'hui largement récompensé par les belles paroles que lui disait le souverain de la France, et il ajouta devant toute la cour réunie :

— Très-haut et très-gentil Seigneur, (1) ne pouvant pas disposer de la couronne de Béarn, qui retourne aux États de ce pays, en cas d'extinction de la branche régnante, je puis du moins donner à votre puissance, et placer ainsi dans le grand héritage royal de France, les comtés de Foix et de Bigorre....

Je n'ai plus d'héritier de mon mariage avec Madame de Foix, infante de Navarre.

Je présente à Votre Altesse (et il prit par la main ses deux fils qui se tenaient derrière lui, Yvain et Gratien de Foix) mes deux fils reconnus par moi et par mes sujets. J'en fais des sujets et des serviteurs de votre noble couronne.

Charles VI fit signe qu'on fit avancer les deux beaux jeunes gens que présentait Gaston-Phœbus, et en signe de cordialité royale, le roi les embrassa.

— Bien dit! noble sire, dit le jeune souverain, vous me donnez là deux gais compagnons — (le mot *gai* était pris dans le sens de *beau*).

Et s'adressant au brillant entourage des seigneurs français et béarnais, le roi ajouta :

— Reconnaissons, Messires, les deux beaux fils du très-illustre comte de Foix pour nobles seigneurs royaux et fidèles serviteurs de la couronne de France !

— Vivat ! vivat ! crièrent tous les gentilhommes réunis, et les oncles du roi ne furent pas les moins chaleureux dans cette acclamation.

Alors Gaston-Phœbus continua :

— Très-noble Seigneur et puissant roi, l'offre que je fais à Votre Altesse des comtés de Foix et de Bigorre est de ma part sérieuse et définitive. Je m'incline d'avance aux ordres de Votre Altesse et du Conseil de France pour en délibérer plus amplement.

Charles VI regarda autour de lui les ducs de Bourgogne, de Berry et de Bourbon ainsi que le chancelier de la couronne, et ces personnages ayant fait un signe respectueux d'assentiment, le roi répondit : — Demain, beau cousin de Foix, nous délibérerons avec vous sur votre proposition, et, en attendant, j'ai hâte de vous voir assis à ma table royale et de voir fêter par nos seigneurs de France, la bienvenue du chef de la nation béarnaise ainsi que ses nobles et vaillants chevaliers !

Charles quitta sa place sous le dais fleurdelysé, et prenant le bras de Gaston-Phœbus, il ouvrit la marche pour se rendre dans la grande salle du festin royal, car un splendide souper avait été préparé.

---

(1) On ne disait pas encore aux rois *Sire* ni *Majesté*.

XX

Cette fête fut magnifique. Il n'y avait aucune princesse, aucune noble dame. Mais les ménestrels du roi et du duc de Bourgogne, les chanteurs toulousains envoyés par les capitouls de la cité, les ménestrels du Comte de Foix (car tous les princes à cette époque se faisaient suivre par leurs musiciens, histrions et jongleurs), vinrent successivement égayer de leurs chants, de leurs déclamations, du son de leurs instruments le souper de la cour de France et du Béarn.

A la table du roi, à sa droite se trouvait l'archevêque de Toulouse, à sa gauche, Gaston-Phœbus, puis, par ordre de préséance, le Régent de France et le duc d'Orléans.

Cette table fut servie par le Comte de Nevers, fils du duc de Bourgogne et par Yvain de Foix, l'aîné des fils de Gaston-Phœbus.

C'était ainsi l'étiquette ; les plus grands seigneurs, ou ceux que l'on voulait honorer avaient seuls le droit de remplir la coupe et de porter les plats du souverain et de ceux que le souverain admettait à sa table principale.

Les autres tables étaient occupées par la foule brillante des invités, et mille lumières descendant des hauts plafonds de la salle du festin jettaient sur la fête leurs rayons éblouissants.

Les plus jeunes du groupe royal étaient le roi, le duc d'Orléans, Yvain de Foix, le comte de Nevers et Gratien.

Le duc de Bourgogne le fit remarquer à Gaston-Phœbus qui répondit en son style imagé que c'était là le bouquet du paradis de la jeunesse.

Charles VI n'était pas si gourmé dans son rôle fatigant de souverain, qu'il ne se crût obligé de donner la réplique à Gaston-Phœbus et, de fait, quand le repas fut terminé, le roi se mêla, tant il adorait les divertissements, aux jeunes gens dont il était le chef et le camarade par l'âge. Une aimable familiarité lia bientôt les fils de Phœbus au roi, au duc d'Orléans et au fils du duc de Bourgogne.

— A Paris, messires, disait le roi en riant, nous aurons des dames et par conséquent des danses !

On voit donc que déjà la préoccupation du « bouquet printanier » dont avait parlé Gaston-Phœbus, était les plaisirs de la galanterie.

Gaston-Phœbus avait apporté à Toulouse de riches cadeaux qu'il envoya chercher et qu'il distribua le soir même au roi, aux grands seigneurs et enfin à chacun des chevaliers de la suite du prince.

Au roi de France, il promit deux magnifiques coursiers d'Andalousie qui se trouvaient déjà dans les écuries du comte de Foix à Toulouse.

Aux ducs de Bourgogne et de Berry, il promit de magnifiques chiens de meute; aux chevaliers il donna des armes de prix, des colliers d'or, des joyaux; à tous les serviteurs de l'argent.

Sur les réserves de la foire aux draps de Toulouse, il fit acheter de riches étoffes pour vêtir tous les ménestrels qui avaient paru dans la fête, et aux musiciens du duc de Bourgogne, il donna notamment un costume brodé d'or à chacun.

Les richesses et la générosité du comte de Foix étaient proverbiales, mais ce qui se passait ne contribua pas peu à augmenter le renom de magnificence du noble suzerain de Béarn. Ses libéralités avaient émerveillé la cour. Le roi de France était surtout ravi, et, dans un élan de franchise, il s'écria :

— Oh! cher sire de Béarn, que d'anglais on pourrait tuer chez eux avec votre or!

— Monseigneur c'est d'abord avec de l'or que nous les avons chassés du Midi et, pour les combattre eux et tous les ennemis du royaume, il faudra avoir toujours pour premier allié de l'or et encore de l'or. La guerre est folie sans cet engin-là!

Le lendemain, en outre des fêtes de Toulouse, des cavalcades brillantes dans les rues et des rondes de ménestrels dans tous les carrefours, les ébats continuèrent au château où était logé le roi. Mais avant toutes choses, avant le festin que Gaston-Phœbus devait donner à Charles VI et à la suite française, le Conseil de France s'assembla pour délibérer sur la grave et importante proposition qu'avait faite publiquement le comte de Foix et de Béarn.

XXI

Gaston-Phœbus exposa au roi et à son Conseil (les ducs et les ministres assemblés), qu'il avait pris la résolution de céder à la France même la principauté de Béarn parce que l'héritage de cette province allait revenir à son cousin qu'il n'aimait pas, Mathieu de Castelbon, vicomte de Foix.

Il entra alors dans la confidence des évènements que nous connaissons; sa séparation d'avec Agnès de Navarre, son épouse légitime; les intrigues et les conspirations successives de Charles-le-Mauvais, le complot tramé inconsciemment par son propre fils Gaston de Béarn et la mort subite de celui-ci dans la tour du castel de Moncade...

— Ne pouvant pas, ajoutait Phœbus, instituer pour mes héritiers légitimes de la couronne de Béarn mes deux fils, Yvain et Gratien, bien que j'eusse avant toute chose au monde désiré voir pour mon successeur, le jeune Yvain qui a pris tout ce qu'il y avait d'affection paternelle dans mon cœur, alors je donne le Béarn au noble roi de France.

Je suis convaincu que les États de Béarn, qui me doivent tant, ratifieront cette donation. Et s'il plaît ensuite à notre gentil roi d'instituer un lieutenant de sa couronne dans le pays de Béarn, je lui recommande alors mon bien-aimé Yvain.

Les membres du Conseil comprirent à merveille que le rusé suzerain de Béarn voulait éluder la loi dynastique de sa couronne et faire passer celle-ci sur la tête de son bâtard favori, en se servant de l'autorité du roi de France, qui ne pourrait que déléguer la puissance nouvelle dont l'investissait la donation testamentaire de Gaston-Phœbus.

Cependant aucune objection ne fut faite au comte de Foix, et Charles VI, ayant consulté ses ministres, le chancelier, résumant l'opinion de tous, parla ainsi :

— Le Roi, notre très-haut et très-puissant maître, estime que Dieu fera grâce de très-longue et prospère vie à notre gentil allié, le seigneur de Béarn; que, par conséquent, la disposition de l'héritage de Béarn est, pour le moment, chose pour le moins inopportune. Dans tous les cas, acte est donné, au nom de notre seigneur Roi et maître, parlant par son Conseil assemblé cy, à noble Gaston III, comte de Foix, de Bigorre et de Marsan, relevant de la Couronne de France, et vicomte suzerain de Béarn, *ne relevant de personne que de Dieu*, des propositions, donations et promesses; et, s'il intervient succession et héritage avec dispositions conformes aux paroles de Monseigneur de Foix, alors le Roi décidera au mieux des désirs du noble donateur.

Telle fut la formule littérale du jugement du Conseil de France ajournant toute décision sur la délicate proposition qui lui était soumise.

Gaston-Phœbus s'inclina; on parla d'autre chose et peu de temps après les fêtes reprirent de plus belle soit au château du Roi à Toulouse, soit à l'hôtel spécial qu'habitait Gaston-Phœbus.

Celui-ci refusa le titre définitif de lieutenant-général du Languedoc que voulait lui conférer le Roi de France et il s'excusa de ne pouvoir se rendre à Paris pour assister aux fêtes prochaines du mariage du duc d'Orléans avec la duchesse Valentine de Milan. Et comme Gaston venait de recevoir inopinément des nouvelles alarmantes de la santé de la Goïta d'Orion, le comte de Foix se refusa pour le moment à ce que ses deux fils partissent avec le roi pour Paris ; il voulait rentrer avec ses enfants en Béarn sans perdre de temps.

Le roi congédia donc son allié puissant et célèbre. Le duc de Bourgogne surtout fit des adieux véritablement fraternels à Gaston-Phœbus. Ces deux grands seigneurs avaient l'un pour l'autre une instinctive et profonde sympathie.

XXII

La cour de France quitta le Midi, mais Gaston-Phœbus et sa suite étaient rentrés dans leurs domaines. Goïta était tombé subitement malade dans son castelet d'Orion.

Les soins dont la favorite de Gaston-Phœbus fut immédiatement entourée n'empêchèrent pas les progrès du mal, d'une fièvre subite qui s'empara de Goïta.

Le comte de Foix ne voulait pas croire à l'imminence de ce qu'il appelait la catastrophe de ses affections les plus sincères, les plus vives... On essaya en effet d'enlever le suzerain au chevet de celle qu'il ne pouvait plus sauver, et il devint comme fou de douleur lorsque Goïta s'adressant à lui, lui annonça qu'elle voyait sa fin prochaine. Le comte et les deux enfants de Goïta se lamentèrent au pied de ce chevet de fièvre et de douleur. Mais c'était bien fini. Goïta se mourait et Gaston-Phœbus demeura comme atterré de désespoir.

Il avait profondément aimé cette femme. Et il en avait été aimé sans bornes, sans partage et certes sans intérêt. Goïta avait bien mérité les faveurs dont elle fut comblée, et ce qui l'ennoblit aux yeux de tous, ce fut sa conduite noble, simple et digne dans cette retraite d'Orion, où elle ne se consacra qu'à l'amour de son royal bienfaiteur et à l'éducation de ses deux enfants qui étaient l'orgueil de la cour de Phœbus et de la chevalerie béarnaise.

Aussi, quand la nouvelle de sa mort retentit en Béarn, celle dont la vie avait été presque légendaire, dont les aventures avaient eu tant de côtés tragiques, provoqua une explosion de regrets partout, car on savait Goïta bonne et généreuse et son influence heureuse avait été le bienfaisant génie du seigneur de Foix.

La douleur de Gaston-Phœbus fut si grande, que les chevaliers et les barons béarnais résolurent de l'enlever au théâtre de tant d'affections transformé si subitement en théâtre de deuil.

Il fallut pour cela l'intervention des meilleurs amis, parmi les vassaux du comte, celle des prélats, du chapelain de Moncade et du prieur du couvent des cordeliers d'Orthez.

Gaston-Phœbus se décida à se laisser conduire hébété, inerte, jusqu'au palais de Moncade et les funérailles de Goïta furent faites avec une pompe extraordinaire à Sauveterre, conduites par ses deux fils également fous de douleur.

Gaston-Phœbus, une fois arrivé à son palais d'Orthez, ne voulut plus recevoir personne et le deuil sembla s'étendre sur tout le pays. Plus de chasses, plus de réceptions, plus de fêtes, plus de parades militaires. Yvain et Gratien de Foix restèrent un mois à Orion sans pouvoir aller revoir et consoler leur noble père.

Gaston vieillit subitement par l'effet de ce malheur. L'affection de la Goïta l'avait tant payé des épreuves d'un mariage si malheureux, suivi d'une catastrophe de famille, dont Agnès de Navarre avait été au moins la cause première, et cette affection manquant tout-à-coup à Gaston-Phœbus, celui-ci vit à la fois un châtiment et un avis suprême dans ce coup qui avait terrassé son âme. Il mit la dernière main à son livre sur les *deduits de la chasse* qu'il voulait léguer au duc de Bourgogne et qu'il lui légua, en effet, puisque ce livre est allé de l'héritage des ducs de Bourgogne à celui des rois de France et de ces derniers à la bibliothèque nationale, où cet incomparable manuscrit se trouve encore aujourd'hui. Il fit ses dispositions, conformes à sa déclaration au conseil du roi de France, lors du voyage de Toulouse; puis après il sembla attendre toujours, plongé dans le deuil, une fin qu'il souhaitait ardemment.

Des mois, une année, deux années se passèrent ainsi, et tous les efforts de la noblesse béarnaise, les prières instantes de ses fils, d'Yvain de Foix surtout, qui avait tout le cœur de Gaston-Phœbus réussirent à peine à rendre à la vie des autres hommes le grand seigneur vieilli et navré de tristesse.

Enfin un jour il se décida à aller à Orion revoir les lieux qui furent chers à son amour. Quelque effort que l'on fit pour le détourner d'un tel but d'excursion, Gaston-Phœbus persista à vouloir se rendre au Castelet où avait vécu, où était morte sa favorite, « l'épouse de son cœur » comme il l'appelait.

M. JACQUES VINDEX, l'auteur de cet ouvrage, déclare n'avoir rien de commun avec le pseudonyme VINDEX qui a signé divers pamphlets signalés par les journaux. Nous avons d'ailleurs protesté en temps utile dans le *Figaro*, le *Gaulois* et dans les dernières livraisons du *Château noir* et des *Grands Jours de la Revanche*.

Mathieu de Castelbon.

La première fois ce furent des scènes déchirantes, et ces excursions se renouvelaient trop souvent avec ce caractère.

Craignant autant pour sa santé que pour son esprit, les fils de Gaston-Phœbus firent taire leur propre douleur pour chercher à distraire autrement le comte de Foix. On voulait l'entraîner à la chasse dans les gorges et les vallées profondes, dans les vastes forêts du Pont-Long, au-dessus de Pau.

C'était peine inutile, le comte ne quittait Moncade que pour se rendre à Orion. Alors on usa d'un stratagème pour le forcer à aimer de nouveau la chasse et à y trouver une distraction, une consolante diversion.

On nous permettra d'ailleurs de continuer jusqu'au bout l'histoire du comte de Foix dont le nom a rempli avec tant d'éclat une époque décrite dans le *Château noir* et les *Grands-jours de la Revanche*.

Nous retrouverons à Paris les personnages de la Traîtresse de France. C'est avec Yvain de Foix, fils de Gaston-Phœbus et de la Goïta, que nous rentrerons à la cour du Louvre, où l'enfant favori du suzerain de Béarn va avoir son rôle romanesque et tragique en même temps.

XXIII

Sur l'avis des barons béarnais, on introduisit dans les bois de l'hôpital d'Orion une ourse pleine et prête à mettre bas, qu'avec beaucoup de précautions et de dangers on avait réussi à capturer dans les montagnes de Laruns.

Comme les reliefs du terrain dans les bois d'Orion étaient faciles pour la retraite et le repaire des animaux sauvages, on calculait avec raison que l'ourse irait y chercher aussitôt un refuge pour sa portée prête à venir. Alors on n'aurait qu'à signaler la présence des ours dans le bois d'Orion pour obliger Phœbus à ordonner une de ces grandes chasses à la grosse bête où il excellait jadis.

Ce que l'on avait projeté et prévu se réalisa. Le comte de Foix fut, on ne peut plus surpris d'apprendre que les bois d'Orion étaient occupés par des ours. L'ours qui est aujourd'hui un mythe dans le Béarn, était déjà rare au XVe siècle. Les loups seuls tenaient la campagne, mais quelque dangereux et nombreux qu'ils fussent, les grands seigneurs ne faisaient jamais l'honneur à ce genre de carnassiers de chasses féodales à grand équipage comme pour le dix-cors, l'ours ou le solitaire.

On signala la piste de l'ourse et des oursons. Gaston-Phœbus commanda une chasse, qu'il se décida enfin à diriger.

Ce fut presque une fête pour la noblesse béarnaise ; la plupart des seigneurs du pays voulurent y assister. Yvain de Foix avait commandé le plus grand appareil afin que rien ne manquât à la distraction de son noble père.

C'était au mois de juillet 1391.

La chaleur avait été accablante, et l'ourse pour défendre ses petits avait pris du champ, trouvé d'inaccessibles retraites où elle porta un à un ses rejetons, et elle s'enfonça dans les profondeurs du bois. L'animal ne connaissait pas bien son *canton*. Venu des montagnes où l'instinct le guidait et le faisait se cacher sûrement, ici, il ne pouvait que se perdre et se livrer à la meute.

Quoiqu'il en soit, la chasse fut menée vaillamment. Gaston-Phœbus arriva près de l'ourse qu'il abattit de son épieu, et il rentra fatigué et suant au castelet d'Orion, à une heure après-midi.

Il entra dans la salle basse du manoir et demanda à boire, mais auparavant à rafraîchir ses mains.

Son fils Yvain fit verser dans une aiguière d'argent de l'eau fraîche qu'il porta à son père lequel était assis dans le haut escabeau de Goïta.

Gaston était silencieux, mais essoufflé.

Il plongea sa main dans le bassin d'eau glacée...

Aussitôt, la tête du comte pencha en arrière...

Yvain laisse tomber le vase aux pieds de son père. Il saute au cou de celui-ci.

Gaston était mort d'une congestion subite !

Cet affreux malheur, qui terminait une partie de chasse dont chacun se félicitait, à cause des résultats sérieux qu'on en attendait pour la santé et le caractère assombri du comte de Foix, cet affreux malheur accabla l'assistance d'une stupéfaction dont rien ne peut donner une idée.

Les chevaliers, les barons essayèrent de ranimer le corps inerte de Gaston-Phœbus. On envoya à franc-étrier à Sauveterre et à Orthez, pour quérir les chirurgiens seigneuriaux; leurs offices devaient être inutiles, Gaston avait été foudroyé.

Yvain de Foix se tordait de désespoir, il hurlait des mots, des accents inconnus, incohérents et, avec rage, il se débattait contre les écuyers qui s'empressaient autour de lui pour calmer ses mouvements. Il hurla dix fois qu'on examinât l'eau dans laquelle le comte de Foix avait trempé à peine le bout de ses doigts. Il criait qu'elle était empoisonnée, qu'elle devait être empoisonnée.

Éperdus de douleur, les barons béarnais qui perdaient tout avec ce grand prince, étendu mort dans cette salle basse où tous espéraient que Gaston-Phœbus retrouverait enfin un peu de joie; les barons, les chevaliers, ne s'occupèrent que de leurs propres larmes, car Gaston, quoique prince absolu, avait été l'ami, le bienfaiteur de tous en Béarn. On laissa se débattre Yvain de Foix, qui eût à son tour une crise nerveuse telle qu'un instant, après un spasme terrible, le jeune homme demeura inerte et comme frappé d'atonie.

Telles étaient les scènes qui accompagnèrent la mort de Gaston-Phœbus.

Le lendemain, le Béarn tout entier apprit le malheur qui le frappait et trois jours après les populations en masse se levant de tous les points du pays arrivèrent de la plaine, des vallées, des montagnes pour venir entourer la dépouille du plus grand prince indépendant qu'ait eu le Béarn.

Ce fut au milieu de tous ses sujets que Gaston-Phœbus, transporté sur les épaules des premiers barons béarnais, arriva à l'état d'illustre dépouille dans la ville d'Orthez toute en deuil.

La ville ne put pas contenir le flot des populations béarnaises; on dût camper aux environs. Jamais funérailles royales n'ont eu l'éclat des funérailles de Gaston III; jamais douleur d'un peuple ne fut plus grande, plus bruyante que la douleur provoquée par une telle mort !

Gaston-Phœbus fut inhumé, à côté de son père Gaston II de Moncade et de son fils Gaston de Béarn, dans l'église des Frères Mineurs d'Orthez.

Mathieu de Castelbon, héritier de la couronne comtale de Foix et de Béarn, avait été prévenu par les barons et les notables du pays. Il se hâta d'arriver à Orthez; mais à l'ouverture du testament de Gaston-Phœbus, on s'aperçut que l'héritier universel de Gaston-Phœbus était le roi de France.

C'était une source de complications; on se hâta d'aviser.

XXIV

Yvain de Foix fut unanimement désigné par les États du Béarn et par commission spéciale de Mathieu de Castelbon pour se rendre avec deux des principaux barons auprès du roi de France, à Paris, pour y solliciter du gouvernement royal la renonciation, par Charles VI, d'une couronne indépendante et dont le défunt n'avait pu disposer à ce point par testament.

C'était mettre en l'enfant favori de Gaston-Phœbus une confiance bien extraordinaire et bien honorable, puisque chacun avait deviné que le testament n'avait pour arrière-pensée que de faire investir Yvain de Foix par le roi de France, d'une suzeraineté que Gaston-Phœbus n'avait pu faire passer directement sur la tête d'un enfant naturel.

Yvain le savait aussi; mais il se rappela ce que lui avait dit sa mère à son lit de mort : « Rends au Béarn ce qu'il nous a donné, en considération à ta mère et à ses enfants. Ne prends le bien de personne, ni surtout un héritage royal qui n'est pas fait pour nous. Sois loyal chevalier, puisque tu as l'honneur d'appartenir à la chevalerie béarnaise, mais salue et reconnais les vrais et légitimes maîtres du Béarn, après notre cher seigneur Gaston ! »

Il déclara aux États qu'il accomplirait loyalement sa mission, et en attendant la volonté du roi de France, au service duquel il déclarait vouloir entrer, il s'inclina devant Mathieu de Castelbon, et le reconnut pour son légitime suzerain et le légitime successeur du noble défunt.

Ces paroles et cette conduite excitèrent l'admiration et l'enthousiasme des États assemblés. Le nouveau suzerain de Béarn, régnant *par intérim*, en attendant la décision de Charles VI dont on attendait la solution la plus favorable, maintenant que le principal obstacle disparaissait, Mathieu de Castelbon embrassa publiquement Yvain et déclara vouloir lui faire compter les 500,000 écus d'or que Gaston lui avait laissés directement. Mathieu y ajouta cent mille livres et l'apanage de la seigneurie de Lescar en Béarn. Yvain pouvait donc tenir, avec cette fortune princière en ce temps-là, un rang magnifique à la cour de France.

Son frère, Gratien, reçut un apanage de moindre importance et le legs de 200,000 écus laissé en sa faveur. Mathieu le garda auprès de lui et le maria plus tard avec une princesse de la Cerda, en Espagne, et Gratien devint le chef de la famille des Medina-Cœli, existant encore de nos jours.

Yvain partit donc pour la France avec l'ambassade, dont il était le chef, et accompagné d'une suite nombreuse et brillante.

Il fut reçu par le roi et la reine avec un empressement qui témoignait des bons souvenirs conservés par Charles VI, car le roi avait promis protection et amitié au fils de Gaston-Phœbus. Ils étaient de même âge. La belle et fière mine d'Yvain prévenait beaucoup en sa faveur, et sa qualité de fils de Gaston-Phœbus — un nom célèbre dans toutes les cours — lui assurait un rang et un accueil exceptionnels.

Yvain remit au roi de France le testament de Gaston III, envoyé par les États de Béarn et par Mathieu de Castelbon ainsi que la demande formulée par celui-ci de rendre au Béarn son indépendance, et de préserver les deux pays des complications qu'une acceptation pure et simple de la donation de Gaston-Phœbus ferait infailliblement naître. Yvain répéta alors qu'il se désistait essentiellement de toute lieutenance en Béarn, au cas où le souverain français jugerait à propos de garder l'héritage de Gaston et de le faire gouverner par l'un des fils du noble défunt.

Le conseil du roi qui n'avait pas accepté la donation faite à Toulouse, n'accepta pas davantage le testament de Gaston-Phœbus. Une décision royale arrêta que les États du Béarn auxquels renonçait le roi de France rentreraient dans la libre disposition de leur souveraineté et que Mathieu de Castelbon était reconnu pour prince légitime de ce pays et pour fidèle voisin et allié de la France.

Les ratifications de cet acte et de cette heureuse ambassade eurent lieu plus tard, à Toulouse, entre les commissaires du roi et ceux du nouveau seigneur de Béarn et de Foix, et celui-ci fit parvenir au trésor de France une somme énorme à titre de gratification, prise sur la fortune immense laissée par Gaston-Phœbus.

Ce secours d'argent arriva fort à propos à Paris, et Yvain de Foix fut nommé écuyer du roi de France.

XXV

La cour de France s'était complétée d'un gracieux personnage, quand Yvain de Foix vint grossir le groupe des familiers du roi.

Le mariage de Louis d'Orléans et de Valentine de Milan avait été célébré quelque temps auparavant avec une pompe extraordinaire, et la fille des Visconti, belle et pure entre toutes, était l'ornement et le parfum de cette société corrompue.

La reine de France avait aimé le frère du roi, et celui-ci avait odieusement trahi son frère qui, naturellement, ignorait tout.

Les oncles des deux fils de Charles V connaissaient cette coupable intrigue, et pour y mettre un terme on avait pressé les épousailles de Louis et de Valentine.

Celle-ci habitait l'hôtel des ducs d'Orléans, que son jeune époux avait fait magnifiquement approprier, et qui s'élevait sur l'emplacement actuel de la halle au blé de Paris.

Le duc libertin trouvait le temps d'entourer de soins et de combler d'amour la fille des ducs de Milan, et la douce Valentine croyait à la sincérité d'une passion qu'elle était heureuse et fière d'inspirer à son cher Louis. Mais le frère du roi, une fois hors de son propre palais, courait auprès d'Isabeau de Bavière, et continuait avec celle-ci des relations criminelles et débauchées au suprême degré. Les deux amants coupables en étaient venus à cet infâme calcul, que le roi pourrait bien avoir une inclination secrète pour Valentine de Milan, et que dès lors, il y aurait compensation et facilité pour tous...

Précisément, Charles VI, qui était vicieux au possible, s'arrêta plein de respect devant la chaste et noble Valentine. Il ne porta sur elle qu'un regard d'admiration et de vénération et il n'en parla que pour vanter ses vertus, honorer son caractère angélique. Le plan de Louis et d'Isabeau échouait de ce côté.

Bientôt après, Valentine mit au monde Charles d'Orléans, celui qui fut plus tard le duc poëte et si lontemps captif en Angleterre.

L'époux de la noble Visconti continuait toujours ses débordements. Cette fois il négligea quelque peu la reine et il fit la cour à une belle damoiselle Mariette d'Enghien, dame de Cani, que le jeune comte de Nevers, fils du duc de Bourgogne courtisait en ce moment. Il l'enleva à l'amour de Jean-sans-Peur et l'on apprit plus tard que la dame de Cani avait donné un bâtard au duc d'Orléans, bâtard dont nous prions nos lecteurs de se rappeler.

Isabeau de Bavière, furieuse de cette infidélité éclatante de son amant, résolut de se venger à son tour, et elle jeta parmi les brillants jeunes gentilshommes de la cour de France, un regard fascinateur sur Yvain de Foix, qu'elle voulait substituer au duc.

Yvain fut à la fois ébloui et effrayé de cette perspective flatteuse et périlleuse... Il avait admiré la beauté de la reine; il connaissait les propos de cour sur celle-ci, les intrigues peu cachées entre Isabeau et Louis d'Orléans; il connaissait aussi les maîtresses du roi, bref, il était au courant de cette immense corruption...

Il se sentit pris à son tour de ce feu corrupteur qui saisissait toutes les âmes et enfin, après avoir hésité, il succomba et il aima éperdument la reine. Celle-ci, qui ne voulait que se venger, devint l'esclave de sa passion nouvelle...

Louis d'Orléans s'aperçut que ce n'était ni un caprice, ni une vengeance d'amour, que c'était l'amour vrai. Il voulut tuer Yvain.

Mais un meurtre était dangereux. Il fallait perdre autrement le favori d'Isabeau de Bavière.

XXVI

En ce temps-là une fête était organisée à la Cour.

Le roi et les jeunes princes et gentilshommes devaient danser costumés en sauvages, c'est-à-dire couverts de chanvre, de façon à simuler moins le sauvage que l'homme des bois.

De la poix, des vernis et autres ingrédients, facilement inflammables, ajustaient ce singulier et grotesque accoutrement.

On dîna d'abord à l'hôtel Saint-Pol, résidence royale; puis après le dîner, qui se prolongea fort tard dans la soirée, le roi de France, le duc d'Orléans, le comte de Nevers, Yvain de Foix et cinq autres seigneurs firent tout à coup leur apparition dans la salle où se trouvaient la reine et les hautes dames de la cour.

Le succès de la mascarade fut très-grand.

Les sauvages se mirent à danser, à cabrioler autour des dames et quelqu'un, le duc d'Orléans, émit l'idée de donner à chaque personnage déguisé une torche ou falot qu'on devait agiter au milieu des rondes frénétiques du groupe carnavalesque.

Alors, comme par mégarde, le feu prit tout à coup au costume d'Yvain de Foix et, en moins de temps qu'il n'en faut pour l'écrire, le jeune homme se trouva environné de flammes.

D'autres danseurs furent également atteints, car, en s'échappant, en se heurtant à droite et à gauche, en se roulant à terre en poussant d'effroyables cris, Yvain de Foix avait mis le feu au chanvre résineux des autres *sauvages* et ce fut alors dans l'appartement de la reine un sauve-qui-peut général au milieu du désordre, de la confusion et des cris d'effroi de toute l'assistance.

Le feu avait fait des ravages terribles. Yvain de Foix fut littéralement brûlé et trois de ses compagnons. Le roi fut couvert de flammes et il alla résolument se jeter dans les bras de la reine, dont la robe de velours put servir utilement à éteindre l'incendie du monarque. Jamais on ne vit une scène plus indescriptible, plus lamentable que celle dont nous parlons.

Les manteaux, l'eau qu'on alla quérir, servirent à éteindre le feu qui n'épargnait plus ceux qui n'avaient pas été assez heureux pour être secourus dès la première seconde du péril et Charles VI sortit de cette fournaise comme hébété et comme frappé par une punition céleste.

Mais ceux qui *devaient périr* étaient morts, Yvain de Foix surtout.

Les cris de la reine, ceux des duchesses, des grandes dames, couvraient de leurs accents déchirants les hurlements des blessés, les cris d'appel et d'alarme, des seigneurs et des varlets accourus en toute hâte.

Et comme les personnages étaient déguisés, on ne sut pas, tout d'abord, quelles étaient les victimes; la duchesse-mère de Bourgogne, la duchesse d'Orléans, la comtesse de Nevers, s'étaient, pour ainsi dire, jetées au milieu de l'incendie pour sauver un fils ou un époux. On ne sut que plus tard, quels étaient les morts...

Le roi, le duc d'Orléans, le comte de Nevers, avaient échappé à cet enfer. La reine, rejetant sur sa frayeur et son émotion, les transports de douleur qui éclatèrent en elle, lorsqu'elle apprit la mort d'Yvain de Foix, confirma dans l'esprit de tous, le fait de sa liaison nouvelle et passionnée avec le fils de Gaston-Phœbus...

Sous prétexte de demander pardon à Dieu de cette fête qui avait eu une issue si funeste, elle s'enferma dans ses appartements royaux pour

... faire dénicher par quelques fouilleurs du guet les ménestrels porteurs de libelles satiriques.

pleurer sur l'amant qui n'était plus; et lorsque Louis d'Orléans voulut, quelques jours après, venir faire une visite à Isabeau, celle-ci le repoussa avec horreur, parce qu'elle l'accusait d'avoir mis le feu au chanvre du déguisement des jeunes seigneurs.

Charles VI fut tellement affecté à son tour des suites de la fête du palais, qu'il en devint malade, et il eut presque le délire. Tout Paris connut cette catastrophe, et l'on accusa hautement la reine Isabeau d'avoir importé en France le goût effréné des plaisirs auxquels était sacrifiée l'existence des plus brillants chevaliers.

XXVII

La duchesse de Bourgogne, qui avait failli voir périr son propre fils, le comte de Nevers, dans cette mascarade funèbre, devina, la première, l'origine et la cause de cet affreux malheur. Elle n'hésita pas à révéler au duc, son mari, aux ducs de Berry et de Bourbon, ce qu'elle savait de cette odieuse intrigue.

Les princes du sang furent indignés, et dans l'explosion de leurs sentiments, le secret transpira pour l'entourage, et de celui-ci il se répandit promptement dans Paris.

Alors on ne s'arrêta plus dans la voie des commentaires et des imprécations les plus énergiques. On ne parla plus de la reine de France qu'avec les expressions dont on se servait à l'égard de Marguerite de Bourgogne, dont la légende licencieuse et sinistre était restée vivante dans les souvenirs populaires.

Enfin, les clameurs de l'opinion publique parvinrent jusqu'au roi.

Charles VI, que l'événement de la mascarade avait cruellement frappé, n'osa pas croire à tant de cynisme de la part de son frère et de la reine. La conduite d'Isabeau de Bavière lui apparut alors sous un jour effroyable. Il s'aperçut que le trône était occupé par une Messaline... Son honneur, l'honneur de l'État, la morale publique exigeaient une décision prompte.

Charles se sentit homme, et il voulut se montrer roi.

Il appela le duc de Bourgogne, le seul auquel il voulut se confier en cette grave et délicate conjoncture, et provisoirement il envoya à l'hôtel de Savoie (d'Orléans), un gentilhomme de sa cour pour inviter Louis, son frère, à ne pas sortir de chez lui sans un ordre exprès du souverain.

Philippe de Bourgogne arriva chez son neveu sans aucun retard. Le roi, à la vue de son oncle, se leva, alla au-devant du duc, et, lui prenant silencieusement les deux mains, il le conduisit près de lui dans un grand fauteuil en face du roi. Charles ordonna aux gardes placés à la porte de son appartement royal de s'éloigner et d'interdire à tout le monde, même à la reine, l'accès du souverain.

Philippe n'avait rien dit ; il avait deviné l'objet de la conférence intime à laquelle il était convié. Il s'assit et attendit que son neveu parlât.

— Mon bel oncle, dit le roi avec un accent de tristesse mêlé de fermeté, j'ai à me plaindre de ma maison, et il faut que vous me donniez vos avis les plus francs, vos conseils les plus sévères.

La mascarade a été un crime, et la reine ainsi que mon frère Louis sont des coupables. On en parle dans Paris, et cela est venu jusqu'à moi. En savez-vous quelque chose?

— Mon beau neveu, répondit Philippe, au moment où vous m'avez mandé, j'allais moi-même prendre l'initiative d'une visite toute particulière, en dehors de mes frères du Conseil et de mon cousin de Bourbon. Je sais ce qui se dit, ce qui se chante par les rues, et je n'ignore pas que le sujet des colères ou des libelles du peuple est malheureusement exact.

Philippe fit une pause.

— Parlez, parlez, cher oncle, dit vivement le roi, je veux tout entendre de votre bouche. Nous sommes ici pour délibérer, vous et moi.

— Eh bien, beau neveu, voici l'histoire. Et d'abord, laissez-moi vous dire combien je me sens soulagé, comme parent du roi et comme chevalier français, de vous voir prendre une attitude résolue dans cette affaire, qu'un peu de détermination étouffera ou châtiera d'une façon définitive.

La reine, très-jeune, entourée de toutes les tentations, de tous les plaisirs, écoute les hommages de ceux qui devraient respecter le roi.

Ceux est de trop maintenant; *celui* est le mot plus juste.

— Nous pouvons tout dire, beau neveu?

— Tout, absolument tout, cher oncle.

Et Charles se penchait vers Philippe, ému, anxieux, attentif aux moindres mots, aux moindres nuances de la parole du duc de Bourgogne.

— Celui qui trompe le roi et qui séduit la reine est votre frère d'Orléans. Il y a quelques années, dès les fêtes du mariage d'Amiens, Louis, quoique jouvenceau, trouva moyen de s'imposer à l'attention volage et plus tard à l'amour de votre Isabeau. Les choses furent si évidentes pour nous, vos oncles et votre conseil, que nous résolûmes de hâter le mariage de Louis et de Valentine, afin de couper court à de scandaleuses assiduités de votre frère auprès d'une épouse oublieuse de ses devoirs.

— Quelle hypocrisie! s'écria avec un courroux contenu le jeune roi, dont le sang affluait à son visage.

— La nouvelle duchesse d'Orléans pouvait, en effet, détourner son époux d'une conduite scandaleuse et coupable. Elle n'y a pas réussi. De sages avis lui ont été donnés en secret par madame de Bourgogne, ma noble épouse, mais Valentine, loin de profiter des conseils d'une princesse prudente, d'une épouse et d'une mère irréprochables, s'est contentée de répondre qu'elle avait tout l'amour, l'amour complet et absolu de son Louis; qu'elle ne croyait pas un mot des insinuations qu'on lui faisait; qu'elle prenait ces insinuations pour une calomnie à l'égard de son mari, pour un affront à son égard propre; qu'elle avait tous les jours la parole, les serments, l'amour de son époux, auquel elle allait donner de beaux enfants... Finalement, madame de Bourgogne fut méprisée dans son rôle délicat de tante et de princesse, et le lendemain, mon neveu d'Orléans savait tout par Valentine. Une rupture eut lieu entre nos deux maisons de Bourgogne et d'Orléans.

— Et pourquoi n'ai-je rien appris de tout cela, mon bel oncle? Ne me deviez-vous pas ces révélations?

— Mon beau neveu, en semblable matière, on doit toujours compter sur l'amendement des coupables, et l'on doit épuiser tous les moyens de faire cesser le scandale avant d'en instruire un époux, et surtout un roi. Celui-ci a trop de puissance pour ne pas avoir la tentation de se venger d'une manière terrible et de façon que sa justice transpire au dehors.

— Et vous avez préféré me laisser conspuer par la clameur publique, au point que les échos ont franchi ces portes et sont venus jusqu'à moi, auprès duquel la vérité est si lente à venir, quand elle vient complète?

Nous n'avons pas préféré un moyen de révélation sur un autre, cher sire, mais nous avons attendu que la raison ou l'effet de nos observations incessantes produisissent un effet salutaire. En un mot, nous avons voulu épuiser tous les moyens en notre pouvoir avant d'en référer à vous.

Nous avons cru avoir réussi, quand le duc d'Orléans s'est tout à-coup jeté dans l'amour coupable de la dame de Cani, que mon propre fils recherchait et qu'il a abandonnée sur mes observations paternelles les plus sévères.

Loin de détourner Louis d'une aventure où il a récolté un bâtard d'Orléans et dont sa complaisante épouse, Valentine, n'ignore pas la naissance, nous avons résolu, mon frère de Berry et mon cousin de Bourbon, de laisser notre neveu oublier la reine aux pieds d'une courtisane d'Enghien. Nous pensions que, de son côté, votre Isabeau reconnaîtrait ses fautes précédentes et les réparerait en renonçant pour toujours à des amours coupables, en se donnant entièrement, absolument à son époux et roi.

Mais nous avions compté sans le tempérament de cette jeune Allemande, sans le dépit de la femme. Isabeau devint jalouse de Louis, et, à ce point, que, pour tirer vengeance du dédain de l'amant...

— De l'amant... continuez, je vous en supplie, mon cher oncle, au nom de mon noble père, votre illustre frère, continuez sans rien omettre.

— Pour se venger, dit Philippe lentement et en baissant un peu plus la voix, la reine s'est donnée au bâtard de Foix, mort à la mascarade.

— Je savais tout cela, tout ce que vous avez dit précédemment, tout ce que vous allez me dire encore, dit le roi avec une véhémence qu'il contenait difficilement.

— Vous saviez, et vous me forcez à ces terribles et honteuses révélations, mon beau neveu?

— Oui, oui, et je vous l'ordonne! Ah! bel oncle, je suis bien petit chevalier à côté de vous, mais pour cela vous me deviez protection, et, pour y avoir manqué, il faut que vous subissiez comme un châtiment l'affront de répéter d'aussi abominables choses, qui déshonorent notre sang, le vôtre comme le mien!

Le duc s'arrêta court et regarda le roi dans les yeux. Jamais Philippe n'avait entendu un pareil langage ni d'aussi énergiques accents de la bouche de ce jeune et faible monarque, auquel l'intelligence, la bravoure et les nobles sentiments d'honneur avaient été fort libéralement impartis. Le caractère seul, mobile et changeant, l'instinct de la débauche, avaient mis obstacle à l'épanouissement complet de toutes les bonnes facultés qui se trouvaient en germe dans l'esprit et dans le cœur du fils de Charles V.

Philippe ne répliqua point au ton des dernières paroles du roi. Il semblait, au contraire, constater avec un plaisir secret la ferme résolution qui débordait dans les yeux comme dans la conversation du roi.

Il reprit :

Isabeau et le fils de Gaston-Phœbus s'aimaient. Nous ne l'avons su qu'après la mascarade, parce que nous eussions évité non-seulement cette fête, mais supprimé auparavant l'objet des nouvelles amours de la reine. Nous n'aurions pas hésité à envoyer chez les infidèles ou dans un bon cachot, hors de Paris, l'entreprenant Béarnais qui venait insulter son roi.

Lorsque Louis apprit que la reine se vengeait de lui avec un bâtard de Béarn, le dépit vint le mordre à son tour, et, ne voulant pas tuer directement et ostensiblement son rival auprès d'Isabeau, il combina le plan d'une fête de nuit où l'imprévu avait tant de chances pour traduire la mascarade en un incendie meurtrier.

La combinaison seule des artifices de la fête est un crime, et le soin d'avoir fait approuver par vous les détails du déguisement inflammable est un acte presque satanique. J'en suis effrayé pour l'âme de mon neveu coupable! Pour mettre le feu au chanvre inflammable d'Yvain de Foix, on a risqué de tuer le roi, le chef de la monarchie, l'héritier de la maison de Bourgogne, de tuer la reine, les princesses, et de mettre le feu à tout le palais.

Je ne déduis rien, j'ai tout dit!

XXVIII

Le roi courba la tête.

Il demeura quelque temps comme abattu, presque hébété. Enfin il rompit le silence.

— Merci, mon bel oncle, dit-il, en tendant sa main à Philippe. Je sais combien il devait vous en coûter de me dire de semblables choses, d'accuser la reine et le duc d'Orléans et d'accabler le roi sous la honte d'un tel récit.

Il y a ici un monstrueux cas d'adultère, une suite de crimes et de sorcellerie....

Mon frère d'Orléans doit être possédé du diable. Il faut le faire exorciser !

Philippe écouta inquiet.

— Oui, exorciser, répéta le roi.

— Mais, mon beau sire, répliqua le duc, je ne crois pas à une possession si complète du démon, qu'il faille employer le moyen dont vous parlez. Louis est en voie de perdition pour son âme, mais un châtiment plus terrestre suffira pour le forcer à s'amender.

Le roi, comme s'il fût sorti d'un long rêve, répondit :

— Ah ! oui, un châtiment terrestre ! et il ricana.

Philippe fut effrayé. Il n'osa pas s'avouer mentalement que le roi était fou; il résolut plutôt de retenir dans la voie de la raison, à force d'énergie, ce caractère ébranlé par l'événement et par les révélations. Aussi, le duc parla-t-il avec énergie.

— Roi, faites votre devoir. Au nom de Charles V, mon frère et votre père illustre, je vous adjure ici de ne rien donner à la faiblesse, à l'imagination, à la terreur ou à la sorcellerie ! Il y a deux coupables ! Il faut les traiter en coupables, ne pas faillir, ne pas faire non plus de scandale. Il y en a assez, et il deviendrait plus grand, plus dangereux, si l'on croyait que le roi mollit, qu'il écoute les songes des visionnaires, qu'il croit à la magie, qu'il perd sa fermeté, aujourd'hui plus nécessaire que jamais.

Charles VI s'était tenu raide sur son siége, et il écoutait, ses yeux fixes grandement ouverts, les paroles énergiques, presque comminatoires de Philippe le Hardi.

Subjugué par le héros — car le prestige de Philippe le Hardi était immense, aux yeux du roi, comme aux yeux de toute la chevalerie; dominé par la position éminente, l'âge — il avait déjà soixante ans — l'autorité, la vigueur intellectuelle et physique de son oncle, le jeune roi secoua sa torpeur et revint à des idées plus saines. Une lubie fugitive avait traversé son cerveau, les paroles du duc le ramenèrent à la raison.

— Que faut-il donc faire, mon bel oncle? dit-il avec douceur.

— Il faut, mon beau neveu, prendre deux parchemins et écrire sur l'un :

« Madame, l'intérêt de notre couronne, de notre État, de notre honneur de famille exige que vous vous retiriez au château de Vincennes avec nos deux jeunes enfants et que vous viviez en la royale et vénérée demeure de notre bienheureux ancêtre le roi saint Louis, pour y trouver la paix de la conscience, la rémission des péchés commis et pour y donner une sainte éducation à nos enfants. Je donnerai des ordres pour que cette pieuse retraite ne soit nullement troublée par les bruits ou les visites du dehors, et après les soins de mon gouvernement, — lorsqu'un peu de calme se sera fait dans nos âmes qui ont offensé Dieu, — j'irai à Vincennes vous témoigner de mon indulgence et de mon amour comme roi et comme époux. Tel est mon plaisir, madame; vous me dispenserez d'exiger, car un refus serait d'autant plus pénible que mes officiers prendraient et exécuteraient comme un ordre la volonté royale qui me dicte la présente.

« *De ma main, le roi Charles.* »

Et Philippe avait pris le parchemin qu'il avait placé sous la main du roi. Celui-ci avait écrit sous la dictée de son oncle : il ne s'appartenait plus.

Il relut.

— Bien, dit-il. Il sourit. Ce n'est pas cruel, c'est sévère; ce n'est pas scandaleux c'est chrétien.

— Je suis enchanté, dit Philippe, ravi de constater cette saine appréciation de l'acte qu'il imposait au roi, enchanté de votre approbation. Ce que je vous conseille plaira à votre cœur et satisfera votre dignité royale.

Sur l'autre lettre, beau neveu, il faut écrire ceci.

Et le duc présentait à Charles un nouveau carré de parchemin.

Il dicta :

« Monsieur mon frère, je vous donne l'ordre de vous rendre à Blois, dans le manoir de votre apanage, d'y vivre avec votre famille légitime et d'y attendre mes ordres. Je vous considérerais comme rebelle à votre roi et à la

France, si vous vous rendiez auprès de quelque grand vassal de la couronne ou dans quelque cour à l'étranger, même à Milan. Jusqu'à ce que j'en décide autrement, Paris et l'Ile-de-France vous sont absolument interdits, et aucun ordre n'empêcherait que vous ne fussiez traité comme criminel de lèse-majesté et coupable de haute trahison, si vous transgressiez un seul terme de cet écrit. Je vous donne la journée pour tout délai et vous assure de mon indulgence et de ma protection si vous vous inclinez avec respect.

« *De ma main, le roi Charles.* »

— Très-bien! très-bien! fit le roi, en parafant sa signature. Et maintenant, qui va exécuter ces ordres, mon bel oncle?

— C'est moi.

J'irai trouver respectueusement la reine, je lui proposerai, avec madame de Bourgogne, une partie de plaisir à Vincennes. Une fois au château, la garde du donjon, sous mes ordres, recevra une consigne conforme à votre écrit royal que je ne remettrai à la reine que ce soir en la quittant. Les enfants royaux, votre fille Catherine et le jeune dauphin Charles, seront conduits après, avec toute la maison particulière de la reine.

— Oh! merci, dit Charles VI avec effusion. Vous me donnez un rôle digne et paternel en même temps. Oui, j'approuve tout ce que vous ferez et je resterai seul à Paris, avec vous, avec mon conseil, jusqu'à ce que vous décidiez que je peux m'adoucir à l'égard d'Isabeau, si elle est repentante, surtout!

— Quant au duc d'Orléans, mon beau neveu, ce sera affaire à moi, dans la nuit, après mon retour de Vincennes. Je le mettrai, qu'il le veuille ou ne le veuille pas, sur le chemin de Blois, hors Paris. Il aura une garde d'escorte suffisante pour lui faire sentir que, s'il résiste, la tour du château de Montlhéry est prête à le loger jusqu'à ce que soumission s'ensuive.

— Amen, dit le roi. J'approuve tout.

— Et quant aux faiseurs d'histoires, dans les carrefours, au pilier des Halles, au parloir aux bourgeois, dans le quartier latin, j'y mettrai un terme. La garde du Châtelet se montrera un peu plus parmi les groupes, et je saurai faire dénicher par quelques fouilleurs du guet les ménestrels porteurs de libelles satiriques.

Philippe se leva, et Charles, d'un mouvement spontané, se jeta dans les bras de son oncle. Cette étreinte muette en disait plus que le dialogue que nous avons reproduit.

Enfin le duc, aussi ému que son royal neveu, se détacha des embrassements de celui-ci, et il se retira pour remplir de point en point la mission de famille qu'il s'était imposée.

La belle Valentine s'était réfugiée dans son oratoire...

Resté seul, le roi de France cacha sa tête dans ses mains et se prit à pleurer.

Ces larmes le soulagèrent.

Il comprit combien il avait été coupable en se livrant au libertinage le plus effréné, puisque aujourd'hui la fatalité le punissait aussi cruellement, et qu'il expiait par les désordres de sa femme, si offensants pour son honneur d'homme et de roi, les fautes dont il avait abusé avec aussi peu de mesure contre l'honneur d'autrui.

Il sentit plus vivement que jamais, après la conférence avec son oncle, la blessure faite à son amour-propre, l'outrage qu'il avait subi en devenant le jouet de l'astucieuse Allemande qui partageait son trône et sa couronne.

Aux froides et implacables révélations de son oncle, il faillit devenir fou. Sa fureur juvénile ne pouvait pas déborder devant l'homme qui le dominait avec tant d'autorité, mais son esprit tournoya dans le vague, dans la confusion, dans le chaos, et, atteint déjà du mal auquel il devait succomber plus tard, il divagua un instant quand Philippe le Hardi lui démontra à quel degré d'abaissement on avait précipité l'honneur de l'époux et du monarque.

En pleurant maintenant, il se soulageait... et il bénissait dans son âme le duc de Bourgogne, qui avait enfin voulu se faire le vengeur du chef de la maison royale et l'exécuteur des volontés du monarque outragé.

XXIX

La reine de France avait accepté avec empressement la proposition d'une excursion de famille à Vincennes. Tout ce qui était plaisirs et promenades la trouvait prête et disposée, bien que, cependant, la compagnie de la duchesse de Bourgogne fût pour elle une gêne excessive.

L'épouse de Philippe-le-Hardi était une grande princesse, hautaine et sévère. Sa conduite, absolument digne, lui donnait une autorité devant laquelle fléchissait le caractère de la reine, et celle-ci n'aimait pas toujours la compagnie de Marguerite de Flandre, parce que son goût effréné pour la débauche ne pouvait pas se donner alors une libre carrière.

Mais, enfin, on partit pour le château illustré par saint Louis, et le soir, le duc Philippe, qui avait donné secrètement toutes ses instructions aux officiers et à la garde du Donjon, signifia à la reine de France la volonté du roi.

Celle-ci se récria vivement, et elle accusa hautement l'oncle du roi de trahison et de crime de lèse-majesté. En vain la duchesse chercha-t-elle à calmer la reine ; Isabeau ne voulut rien écouter : elle protesta de façon à transformer en scène scandaleuse un incident de la vie conjugale, et il fallut que Philippe-le-Hardi appelât devant lui les gouverneur et officiers, archers du château de Vincennes pour leur répéter devant la reine que la volonté du roi devait être exécutée, coûte que coûte.

Isabeau de Bavière se vit, en effet, définitivement captive. Elle demanda à écrire au roi, à lui envoyer un message à franc-étrier. Il fallut lui promettre qu'on se tiendrait à ses ordres. Alors se calma. Le duc et la duchesse de Bourgogne partirent.

A son arrivée à Paris, l'oncle du roi vint prévenir celui-ci des incidents de Vincennes, et adjura le roi, au nom de sa dignité et de l'honneur de la couronne, de tenir bon pendant quelque temps.

Charles VI promit ; et d'ailleurs ses intentions n'avaient nullement changé. En demeurant seul tout un jour dans son cabinet, la réflexion lui montra les choses sous un aspect qui n'admettait aucune indulgence, à peine de perdre tout prestige aux yeux de la chevalerie dont il était le chef de droit.

Ce fut alors vers la demeure du duc d'Orléans que se rendit Philippe-le-Hardi, avec une escorte de deux cents cavaliers armés jusqu'aux dents.

Cette fois, l'appareil militaire indiquait à tout le monde que le frère du roi était l'objet d'une mesure de proscription, et le Châtel de Savoie se trouva investi, non-seulement par les hommes d'armes, mais encore par la foule qui ne craignait pas d'affronter les ordonnances du couvre-feu pour assister à quelque enlèvement prévu.

Mais, soit que Louis d'Orléans eut été prévenu, — cela paraissait bien difficile ; soit qu'il se fût méfié depuis le matin, quand le roi lui envoya l'ordre de ne pas sortir de son hôtel, le duc de Bourgogne ne trouva point celui qu'il cherchait, Le duc avait quitté Paris.

La duchesse, la belle Valentine, effrayée et ignorante de tout cela, s'était réfugiée dans son oratoire où elle priait et pleurait.

C'est là qu'on vint la prévenir et la chercher de la part du duc de Bourgogne.

Celui-ci lui expliqua que les troupes qui entouraient l'hôtel n'avaient d'autre but que de résister aux officieux du duc d'Orléans, aux archers du frère du roi toujours disposés à faire trop de bruit ou trop de zèle;.. qu'il venait chercher Louis pour le conduire auprès de son frère le roi Charles, et de là à Blois, où le roi désirait que le duc d'Orléans allât se retremper dans la vie de famille, dans une conduite autre que celle dont ont avait tant à se plaindre.

Valentine rougit et elle se plaignit vivement à son oncle de Bourgogne, du scandale provoqué, beaucoup plus par ceux qui voulaient punir bruyamment un coupable que par le coupable lui-même, dont elle prétendait, disait-elle, prendre résolûment la défense.

— Me suis-je plainte ? s'écriait-elle. Non, non, je n'ai jamais accusé mon Louis ; et s'il a des torts envers moi, moi seule suis son juge, et moi seule dois le condamner ou l'absoudre. D'ailleurs, le duc n'est plus à Paris ; votre mission est terminée, bel oncle !

Philippe-le-Hardi demeura muet en quelque sorte devant l'expression d'une pareille volonté. Chevalier accompli, il n'osa rien répliquer aux paroles de Valentine, qui lui paraissait être la dupe d'une illusion immense. Il se contenta, après une minute de silence, de demander à la duchesse d'Orléans si son époux était « libre pour le service du roi. »

— Il est à Pierrefonds, répondit simplement Valentine.

En ce moment, en effet, Louis faisait bâtir le château de Pierrefonds, qui a été si admirablement restauré de nos jours.

Le duc de Bourgogne parut réfléchir un instant. Puis, répondit brièvement :

— C'est très-bien, madame. Je n'insiste plus dans ma mission en cet hôtel; et je vais rendre compte de ce que j'ai fait à notre cher et puissant seigneur et maître, le roi de France.

Valentins s'inclina donnant ainsi congé à son oncle.

Le duc sortit.

Il était convaincu, en effet, que Louis d'Orléans était hors de Paris. Il se retira, « plein de pitié pour la confiance de la pauvre Valentine, » comme il le dit en propres termes au roi et à la duchesse de Bourgogne.

XXX

Louis d'Orléans apprit à Compiègne par des serviteurs dévoués partis de Paris dans la nuit même de cette invasion de son hôtel, l'objet de la visite armée faite chez lui par le duc de Bourgogne.

Il connut l'arrestation ou plutôt la claustration d'Isabeau de Bavière à Vincennes et la réponse énergique de Valentine de Milan.

Plein de reconnaissance pour cette héroïque épouse, si aimante malgré tant de perfidie conjugale, il répondit à Valentine qu'il l'aimait, et qu'il l'adjurait de tenir bon et ferme; qu'il serait bientôt à Paris et en grâce auprès du roi.

Un événement d'une gravité singulière hâta cette réconciliation qu'il annonça comme prochaine.

Une tentative d'assassinat, par préméditation et guet-apens, avait eu lieu contre le connétable de France.

Un soir, en traversant la rue Culture-Sainte-Catherine, Ollivier Clisson fut saisi par les archers de Pierre de Craon, son ennemi personnel, et il roula, frappé presque mortellement par celui-ci, dans la boutique en sous-sol d'un boulanger de cette rue.

Le roi, prévenu aussitôt, n'attendit pas l'escorte des seigneurs et des archers de son palais. Il se rendit, avec trois domestiques, dans la rue Culture-Sainte-Catherine, et il y trouva gisant, mais revenant du coup terrible qui lui avait jusque-là ôté toute connaissance, le connétable Clisson affreusement atteint d'une entaille à la tête.

L'exaspération du roi fut au comble. Il vit dans l'attentat dirigé contre le chef de l'armée française, le résultat d'un complot organisé par les grands pour abattre la puissance considérable et l'influence très-légitime de Clisson.

Charles prit la main du blessé :

Je vous vengerai, Clisson, dit-il. Je jure de tirer vengeance de ce crime, dussé-je faire la guerre au duc de Bretagne, qui doit être pour quelque chose dans tout cela !

Clisson n'accusa que Pierre de Craon. Puis il se laissa emporter chez lui par la foule de serviteurs et de personnes de toutes conditions qui s'étaient réunies autour de la maison du boulanger.

Charles VI fit immédiatement avertir le duc de Bourgogne et combina avec son oncle une expédition contre le duc de Bretagne, dans les États duquel s'était réfugié l'assassin du connétable.

Sur ces entrefaites, le duc d'Orléans écrivit au roi pour lui demander de revenir sur ses décisions sévères, promettant de marcher avec son suzerain à la guerre de Bretagne projetée.

Cette démarche spontanée du duc d'Orléans toucha le roi, qui, avant de partir pour la guerre, résolut de pardonner et de faire oublier les incidents de famille qui avaient motivé la claustration de la reine de France à Vincennes et l'exil du duc d'Orléans à Compiègne.

La réconciliation se fit tant bien que mal entre le roi et la reine, mais parfaitement — du moins en apparence — entre Charles VI et son frère.

On ne s'occupa plus que de l'expédition contre le duc de Bretagne.

Les châteaux et terres de Pierre de Craon furent occupés et confisqués au nom du roi. La femme et la fille furent chassées de leur manoir et on les jeta sur les chemins en chemise.

En même temps un héraut du roi se présenta devant le duc de Bretagne pour lui réclamer la personne de l'assassin. Le duc s'y refusa, Alors l'expédition se mit en campagne.

Le roi commandait l'armée. On était au plus fort de l'été. Un nombreux équipage composait la maison militaire du roi, et il fallait s'arrêter souvent, les étapes étaient nombreuses. Enfin, à petites journées, on avançait néanmoins dans la direction de l'Ouest, et le duc de Bretagne était en grand péril.

Alors un événement extraordinaire se produisit.

XXXI

En traversant la forêt du Mans, le groupe royal cotoyait une lisière baignée d'ombre. Le roi marchait seul en avant; son coursier n'avait pas une vive allure, et le cavalier était accablé de sueur et de fatigue.

Tout à coup, d'un fourré, un homme nu et n'ayant que sa chemise s'élance sur le cheval du roi, saisi l'animal par la bride, et s'écrie d'une voix forte et étrange :

— Roi ! arrête ! ne chevauche plus avant ! Tu es trahi !

Charles VI avait voulu mettre la main à l'épée; mais, plus effrayé que résolu, son geste mollit, et l'apparition eut le temps de disparaître dans les profondeurs du bois avant que les officiers du monarque eussent le temps d'accourir au roi.

Le jeune souverain demeura muet et interdit. Il trembla même de tous ses membres. L'homme diabolique, comme il l'appelait, disait-il vrai, et alors comment le roi pouvait-il être trahi !

Les ducs d'Orléans, de Bourgogne et de Berry, voulurent distraire Charles VI de l'influence sinistre qu'aurait sur son esprit déjà ébranlé, le fantôme vivant qui avait osé parler ainsi au roi.

Charles persista à demeurer muet et sombre, le regard fixe et les lèvres serrées.

On voulut s'arrêter; le roi fit un geste de continuer la route; alors la marche reprit sans autre halte.

On déboucha en plaine.

Le soleil dardait ses rayons les plus ardents. Le roi resta toujours seul, les ducs de Bourgogne et de Berry marchant en avant, le duc d'Orléans à la droite du roi, mais à assez grande distance; un gentilhomme de la maison royale à la gauche de Charles VI, mais à distance également. Deux pages seulement suivaient immédiatement le roi, en portant l'un sa lance, l'autre son armure.

La suite venait après à plusieurs longueurs de cheval en arrière. Le roi était donc absolument isolé.

Alors, au milieu du calme brûlant de la nature et de cette marche monotone, l'un des pages qui portait la lance royale laissa tomber celle-ci sur le casque de l'autre page qui chevauchait à son côté, et ce bruit du fer fit se dresser comme en sursaut, sur sa haute selle, le roi violemment impressionné.

Et croyant sans doute à la trahison qui commençait, Charles poussa un grand cri et s'exclama : *Je suis trahi ! Je suis trahi !*

Il tira son épée du fourreau, frappa à droite et à gauche, tua un de ses pages, et, enfonçant ses éperons dans les flancs de sa monture, il s'élança sur le duc d'Orléans qui, effrayé, avait pris le galop pour éviter les coups meurtriers de son frère.

— A mort! à mort le traître! criait le malheureux roi devenu fou, et fou furieux.

Et il touchait presque le duc d'Orléans.

Les princes qui avaient pris les devants et l'escorte qui venait après n'eurent que le temps, les uns de faire volte face, les autres d'entourer le royal insensé, de parer ou d'éviter ses coups; enfin on put désarmer Charles VI, qui écumait et qui fixait de sa main crispée le duc d'Orléans, celui-ci étant plus mort que vif, car il avait été à deux doigts de l'épée fratricide.

Tous les soins, toute la sollicitude commandés en pareil cas furent ordonnés par les ducs de Bourgogne et de Berry. Sur cette scène ensanglantée, en présence des escadrons royaux et sous le regard d'un implacable soleil, qui avait déterminé la folie du roi, les choses les plus tristes se passèrent : il fallut envelopper de couvertures Charles VI, qui suait comme s'il fût tombé dans l'eau, qui écumait et qui râlait de rage muette et concentrée.

Quand on fut maître de la personne du roi, on le transporta au Mans et un conseil de guerre fut aussitôt tenu : on renonçait à l'expédition contre la Bretagne et on décidait de rentrer à Paris.

Après avoir ordonné ce qu'il fallait faire pour sauver et pour soigner le roi, Philippe-le-Hardi reprit en hâte le chemin de la capitale, pour prendre en mains le gouvernement de la Frrnce pendant la maladie du pauvre roi, dont la folie paraissait irrémédiable.

XXXII

Paris et la France furent plongés dans la stupeur en apprenant la folie du roi.

Les plus optimistes prévirent les jours sombres du lendemain de la bataille de Maupertuis. la révolte, l'anarchie par suite de la quasi vacance du trône.

Les plus alarmistes voyaient la France totalement perdue, déchue du rang des nations, livrée non-seulement au pillage et au brigandage, et surtout à l'étranger, qui n'attendait qu'une occasion favorable pour démembrer définitivement la patrie.

La reine de France fit aussitôt ses préparatifs pour se rendre auprès de son royal époux laissé au Mans. Elle partit en grand équipage et elle se fit accompagner de la duchesse d'Orléans, sa belle-sœur, la seule personne, peut-être, dont l'angélique influence était capable de contenir la furie inconsciente du pauvre aliéné.

On écrivit en même temps aux célèbres médecins de l'Europe, à des praticiens d'Italie et d'Allemagne. Les docteurs de la faculté de Paris prirent les devants et se rendirent au Mans.

Le duc de Bourgogne prit en mains le gouvernement définitif de la France.

Philippe le Hardi était Français dans l'acception absolue de ce mot, c'est-à-dire qu'il était patriote, généreux, plein d'honneur; mais il était prodigue, et pour avoir de l'argent tous les moyens lui paraissaient bons. Il était, non sans motif, l'effroi des contribuables de son temps.

L'altération des monnaies, les tailles, les impôts indirects ou de consommation, inventés au quatorzième siècle, les confiscations sur les suspects, tels étaient les procédés du gouvernement de Philippe-le-Hardi, et en cela il était inique et se rendait odieux.

On aimait pourtant cet homme, ou plutôt on lui pardonnait tant! Il était le seul héros ayant conservé tout le prestige de la grande chevalerie française, et le peuple saluait toujours en lui l'enfant héroïque du champ de bataille de Poitiers.

La France, nation militaire et brave, trouve toujours de l'argent pour payer, quand en retour on lui donne de la gloire et de l'influence.

La garde des espions épiait et écoutait.

Philippe-le-Hardi était un fils prodigue pour elle, mais comme le fils prodigue, il avait toute l'affection de la mère, si faible et si tendre. On le savait brave, plein d'amour pour son pays et alors on payait encore. Le malheur n'eut pas été immense si Philippe-le-Hardi avait été le seul à pressurer le peuple; mais ses frères de Berry et d'Anjou, la cour du roi étaient de bien autres vampires!

Voilà pourquoi le gouvernement oligarchique des seigneurs des fleurs de lys était une effroyable calamité nationale.

Et maintenant le roi malade, fou, absent, qui servirait de point de mire aux doléances du peuple? A qui pourrait-on se plaindre? Telle était l'anxiété de tous.

Dès que la reine Isabeau se trouva en présence de Charles VI, celui-ci entra dans un nouvel accès de folie furieuse.

Il voulut s'élancer sur son épouse. Il rugissait comme une bête féroce, et des mots inarticulés s'échappaient de sa bouche inondée de bave rabique... C'était effrayant et atroce!

On s'interposa entre le roi et la reine. Isabeau s'enfuit éperdue, s'éloignant de la présence de son malheureux époux, qu'on eut toutes les peines du monde, non pas à calmer, mais à maîtriser avec la force.

L'emploi des liens devenait nécessaire pour contenir la personne royale. En ce moment, l'étiquette sacrée n'existait plus; en pouvait-il être autrement, d'ailleurs? De solides gardiens furent commis, sous la direction de quelques hauts gentilshommes, pour garder et garrotter le roi.

Ce qu'il y avait de lamentable dans une situation pareille, c'est que Charles VI, après ces crises extraordinaires, retombait dans une atonie, une prostration morbide; puis, après ce calme de la torpeur, les nerfs, les sens, l'esprit reprenaient leur sensibilité, et le roi se prenait à pleurer en silence en se voyant dans l'horrible état où la destinée la plus fatale avait plongé le chef d'un grand royaume... Il parlait alors et interrogeait avec douceur, demandant où il se trouvait, s'inquiétait de ses jeunes enfants, de sa toute petite fille Isabelle, de son fils Charles le Dauphin... Il ne parlait jamais de la reine ni du duc d'Orléans; mais il demandait où était Valentine, la belle et douce Valentine de Milan.

Alors, quand il prononça ce dernier nom, on vint en avertir la reine et la duchesse d'Orléans, qui se trouvaient ensemble. Isabeau, soit qu'elle ne voulût point provoquer un nouvel et terrible accès de folie, soit qu'un instinct de remords lui dictât l'obligation de ne pas rappeler par sa présence les causes du chagrin de Charles VI, chagrin qui avait déterminé, peut-être, la suprême aliénation, Isabeau ne voulut plus voir le roi, mais elle engagea vivement sa belle-sœur Valentine à se rendre à l'appel du monarque.

Valentine de Milan, quoique effrayée et violemment émue, consentit à ce sacrifice.

XXXIII

Elle entra dans l'appartement du roi, accompagnée des chambellans de Charles VI. A la vue de la duchesse, le pauvre fou sourit. Ses yeux, jusque-là vitreux et fixes, s'illuminèrent d'un rayon de joie. Il tendit la main à Valentine, et d'une voix presque timide il dit :

— Approche, Valentine!

Oh! comme je suis heureux de te voir ici près de moi, si malade, si malheureux, si délaissé. Ce n'est plus le roi qui t'appelle, c'est ton frère, ton doux frère!...

Valentine, fondant en larmes, se jeta aux genoux de Charles VI et elle baigna les mains royales de ses pleurs en les couvrant de baisers.

Et Charles ne pleurait pas : il souriait, d'un sourire fixe, extatique. Cette scène quasi muette, entrecoupée des sanglots de la duchesse d'Orléans, saisit d'émotion les témoins de cette entrevue!..

Quand la duchesse se releva, invitée qu'elle y était par un doux geste de Charles VI cherchant lui-même à soulever Valentine, le roi la retint avec force par le bras.

— Oh! reste, s'écria-t-il, reste, Valentine! ne m'abandonne pas, ne t'éloigne pas; laisse-moi te voir, t'entendre... tu es l'ange de mon âme...

Où sommes-nous, dis-le-moi?

On avait approché un tabouret pour la duchesse d'Orléans. Elle s'assit en face du roi, qui lui abandonna sa main.

— Nous sommes, beau seigneur, dit-elle d'une voix tremblante mais douce, harmonieuse et sympathique, nous sommes dans un château de France, où sont vos amis, la reine, vos nobles enfants, moi, tous vos serviteurs, les chevaliers, et où le bon Dieu arrive pour vous guérir... et il faut guérir, beau seigneur, pour la France, pour les appertises d'armes, pour les joyeux déduits de la cour!

Charles écoutait avec son éternel sourire toujours fixe... le sourire de l'idiot.

Puis, comme s'il fût revenu d'un rêve lointain :

— Ah! oui, Valentine... c'est bien toi, ma Valentine? Oui, oui, je veux des appertises d'armes, comme à Rosebecque; mais où est Clisson, mon brave

Clisson? Ah! quelle rude journée! Vive France! et sus aux Flamands en révolte!

— Beau seigneur, répliqua vivement Valentine, comme pour arrêter court cette divagation du roi, ici nous ne sommes plus à la guerre; les chevaliers se reposent, les ennemis sont vaincus, et il faut nous écouter pour guérir.

— Mais je ne suis pas malade avec toi, Valentine!

— Non, certes, je le sais, beau seigneur! mais il faut nous écouter, la reine, si bonne et si douce... moi, votre sœur, votre amie.

— Toi, oui, toujours toi, Valentine! Ne me quitte pas. Là, reste là, toujours avec moi, et alors je ne suis pas malade.

Et malgré lui, le roi portait la main à son front comme pour chasser des vapeurs intenses ou des ténèbres qui obscurcissaient sa pensée, obsédaient son esprit...

Valentine suivait tous ces mouvements avec une sollicitude inquiète.

— Vous souffrez de là, beau sire, de la tête?

— Non.

— C'est égal, il ne faut pas trop parler; mais quand vous verrez la reine, il faut l'embrasser, l'écouter comme moi. C'est la reine qui serait bien malade, si elle ne pouvait pas voir son roi, en paix, avec calme et avec des sourires...

— La reine... la reine, disait le roi sans répondre directement à Valentine, et ici il semblait vouloir entrer dans quelque monologue de récriminations; aussi, la duchesse d'Orléans, pour briser court, s'écria :

— Mais, beau sire, je vois que vous me faites ici votre prisonnière. Si vous me retenez toujours avec vous, il faudra bien que vous m'écoutiez!

Et Valentine disait ces derniers mots avec une douce fermeté tempérée par son beau sourire.

— Oui, oui, Valentine, je t'écoute; parle-moi toujours, disait le roi.

— Je veux être obéie.

— Oui, ma Valentine.

— Et je ne veux entendre ni crier, ni blasphémer.

— Oh! quel bonheur, Valentine, de t'avoir près de moi!...

— Oui, mais je n'y resterai qu'avec ma chère sœur la reine. Je veux la reine avec moi, beau sire.

— Oui, Valentine.

— Et je veux qu'Isabeau embrasse son cher roi.

Le roi ne disait mot, mais, subjugué par cette force nouvelle qui s'imposait à lui, il s'inclina comme un enfant docile sous le doux commandement d'une mère, et il sembla, par son attitude muette, résignée, acquiescer à la volonté magique exprimée par une jeune femme, en ce moment toute-puissante sur le roi.

Et comme Valentine faisait mine de se retirer un instant.

— Oh! ne t'éloigne pas, Valentine! s'écriait Charles.

— Je serai là bientôt, beau sire. Il faut m'obéir, m'écouter.

Et le roi, ne répliquant plus, prenait les mains de la fille des Visconti et les couvrait de ses baisers de reconnaissance.

Et, resté seul, le roi malade s'abandonna à son extase, et le calme de l'esprit amena le calme du corps. Le roi de France trouva ainsi un moment de sommeil.

XXXIV

Le drame horrible de la folie de Charles VI occupe dans notre histoire de France de nombreuses pages.

Ce n'était pas seulement un malheur de famille : c'était une calamité nationale.

A cette époque, la France était intimement liée à l'idée monarchique. Le roi, dans l'esprit des peuples, était le pilote naturel. Si le pilote venait à manquer, le bâtiment s'en allait à la dérive. On ne se faisait pas à l'idée du gouvernement sans un chef absolu, et la République n'existait en théorie qu'au delà des Alpes, dans les municipes italiens, où l'antique constitution démocratique, imitée de la Grèce et de Rome, prévalait dans une société plus avancée que la nôtre au quatorzième siècle.

Le peuple s'inclinait devant le roi, et avec la royauté, la France se croyait sûre de marcher, sinon à la gloire et à la prospérité, du moins à des destinées tranquilles. La monarchie était comme un palladium. Supprimer le roi, c'était supprimer la garantie sociale. Ainsi pensait-on à l'époque dont nous retraçons les sombres épisodes.

Aussi comprendra-t-on l'importance capitale qu'on attachait dans tout le pays à la maladie étrange, effroyable du chef de la nation française.

Le peuple priait pour son roi. Plus il était malheureux, plus son mal paraissait incurable, et plus on se précipitait dans les églises, afin de prier en faveur du royal malade que la France, dans sa compassion en cette crise suprême, appelait Charles le *bien-aimé*. Oui, telle est l'appellation que le fou royal mérita de ses peuples!

Les soins les plus extraordinaires lui furent prodigués.

Nous avons dit qu'on appela les plus illustres médecins de ce temps-là, et qu'au chevet de l'infortuné Charles VI se rencontrèrent les membres les plus éminents des facultés médicales de l'Europe.

Personne ne réussit en premier lieu à conjurer les crises terribles de la folie. Seule, Valentine de Milan eut le magique pouvoir de dominer le pauvre insensé.

Les ennemis de la duchesse d'Orléans devaient lui en faire un crime.

Quoi ! Valentine avait des ennemis ?

Oui.

Cette douce et aimante princesse, ce lis pur égaré dans la corruption d'une société débauchée et criminelle ; cette candeur, cette bonté vivante avait contre elle la haine des envieux, la colère des méchants ?

Oui, nous le répétons encore.

Cela paraît impossible.

Il en était ainsi.

Et nous allons l'expliquer.

Ce n'est pas le roman qui parle.

C'est l'histoire impartiale et austère.

Valentine de Milan était belle, elle avait toutes les qualités du cœur et de l'esprit ; elle était riche, et son père était un des plus puissants potentats de l'Italie.

Cela suffisait pour lui susciter des jalousies.

La duchesse de Bourgogne, une personne dont la vie était irréprochable, fut, par une contradiction assez singulière, le plus ardent adversaire de Valentine de Milan. Marguerite de Flandre faisait sonner haut son illustre et puissante origine. Il ne lui était pas agréable de penser que l'origine de Valentine, sans être aussi illustre comme noblesse, était plus considérable comme puissance et comme prestige.

Et comme le duc d'Orléans était détesté chez les princes de la maison de Bourgogne, Valentine assumait une bonne part de cette animosité, surtout depuis que la belle Visconti avait repoussé l'ingérence du duc et de la duchesse de Bourgogne dans ses affaires de ménage.

Marguerite de Flandre appelait donc avec affectation Valentine « une princesse étrangère, » dont le mari et les enfants n'étaient et ne pouvaient être que les ennemis de la France.

De son côté, Isabeau de Bavière, dont la beauté se trouvait presque éclipsée par la beauté de la Milanaise, Isabeau, qui se voyait tenue en échec dans ses mœurs et ses débordements par la vertu angélique de sa belle-sœur, avait contre celle-ci une haine secrète, mais profonde et implacable.

Les dames de l'entourage de Marguerite de Flandre, les dames de la cour de la reine partageaient naturellement les préventions de leurs maîtresses respectives, et il arriva un moment qu'on se trouva d'accord sur le terrain de la haine pour accuser, grâce aux idées de superstition et d'ignorance de ce temps-là, la douce Valentine de sorcellerie et de magie !

Ainsi, on n'expliquait son heureuse influence sur le roi que par ces mots : « Elle jette un sort au souverain ; elle est ensorcelée ! »

Et tout le monde se mit à prier pour la santé du roi et pour l'âme de Valentine.

Il n'en fallait pas davantage pour créer à la vertueuse duchesse d'Orléans une situation des plus étranges, des plus périlleuses même. Et le seul appui de Valentine, dans une position aussi critique, lui faisait moralement défaut : son époux continuait ses débordements et délaissait, pour les moindres filles perdues, son épouse si pure, si belle, si dévouée.

Et tous s'expliquaient maintenant les écarts de conduite du duc d'Orléans ; on disait : Il ne peut pas vivre avec une femme possédée du démon !

Valentine se doutait bien de tout cela, mais elle comptait sur la force de la raison et de la vertu, sur l'appui de Dieu, qu'elle priait avec ferveur, pour qu'au moins l'époux qu'elle chérissait, malgré tant d'infidélités, restât son soutien et son chevalier. Elle ne s'inquiéta nullement des soupçons de « magie » qu'on jetait sur elle, et elle n'en continua pas moins à voir le roi de France, à le consoler, à le guérir moralement, puisque sa douce influence était si salutaire au pauvre fou.

On avait placé dans l'antichambre du roi des espions, des clercs et médecins de la Faculté, qui, jour et nuit, se relayaient afin que personne n'exerçât d'influences démoniaques sur le malade. On croyait positivement à ce que l'on avançait, on supposait Valentine capable de maléfices et de conjurations cabalistiques ; on voulait la surprendre, et pendant qu'elle était chez le roi, la garde des espions épiait et écoutait.

Telle était l'odieuse récompense qu'on décernait à celle qui, — le seul être au monde, — parvenait avec un mot, un sourire, et rien que par l'ascendant de la vertu, à calmer et à guérir le roi de France !

Valentine avait méprisé les préventions, les préjugés. Elle fut outrée, à la fin, des procédés dont elle était l'objet, et elle en écrivit à son père, le duc de

Milan, après en avoir écrit trop de fois à son époux, qui se montrait indifférent et qui restait à Paris pour contrebalancer, sans y réussir, l'influence du duc de Bourgogne, le vrai souverain en ce moment.

Le duc Galéas Visconti fut indigné de la façon abominable dont on traitait sa chère fille à la cour de France.

Il adorait Valentine.

Il ne l'avait donnée qu'à contre-cœur à un jeune prince déjà réputé volage; mais avant tout, le père avait obéi à l'inclination de Valentine, qui voulait être l'épouse d'un prince du sang de la cour de France.

Sa mère était fille de Jean le Bon; elle voulait être la première princesse, après la reine, placée sur les marches du trône.

Galéas avait consenti.

Mais en recevant maintenant les plaintes amères de sa fille bien-aimée, il comprit que les motifs de la douleur de Valentine devaient être bien extraordinaires, puisque celle-ci se décidait enfin à se plaindre à son père par un long et secret message qu'elle avait envoyé au delà des Alpes.

Le duc de Milan assembla aussitôt son conseil, et, sur le premier moment de colère, il dit tout haut qu'il déclarerait la guerre à la France, pour venger les outrages faits à l'honneur de son enfant.

Les conseillers de Jean Galéas Visconti détournèrent le duc de Milan de cette idée extrême, mais ils opinèrent pour que le potentat lombard écrivît au conseil de France en termes de nature à forcer la cour jalouse, injuste et ingrate à respecter désormais celle dont les actes et la vertu étaient inattaquables et placés au-dessus de la conduite répréhensible de tous les princes de la cour. Il menaçait la France de sa colère, et annonçait qu'il rappellerait Valentine à Milan, si prompte satisfaction n'était pas donnée à la princesse.

Cette lettre parvint au duc de Bourgogne, chef réel de la monarchie.

On devine facilement l'effet que dut produire ce message comminatoire et inattendu.

Philippe de Bourgogne sentit son orgueil froissé de cette dure mercuriale suivie de menaces, envoyée par un prince italien; mais il n'était pas préparé à résister à Galéas, dont les troupes et la fortune étaient capables de lutter avec toute l'Europe; car seul il était riche, quand tous les États du continent étaient complétement obérés.

S'il s'inclina en apparence, et faute de pouvoir faire mieux, devant la lettre du chef de la Lombardie, il s'emporta avec violence contre Valentine, qui valait à la cour de France cette humiliation d'un nouveau genre, et, ne pouvant pas exprimer ses sentiments à la princesse, il demanda une entrevue au duc d'Orléans.

Le cas était grave et il n'y avait pas lieu, en ce moment, de céder à la rancune.

Assis devant sa table de travail, il était plongé dans ses réflexions.

Philippe-le-Hardi, était seul dans son cabinet, à l'hôtel d'Artois, son palais ordinaire. Assis devant sa table de travail, il était plongé dans ses réflexions, et il méditait sur la situation, grave à l'intérieur, tendue au dehors et il attendait ainsi l'arrivée de son neveu le duc d'Orléans.

Celui-ci ne manqua pas de se rendre à l'appel de son oncle, chef du Conseil du gouvernement et, quelque répugnance qu'il eût à se trouver en présence d'un homme qui empiétait sur le rang et les prérogatives du frère du Roi, et qui contrôlait sa conduite privée au point de devenir, pour le duc d'Orléans, un censeur impérieux et indiscret au suprême degré, Louis n'hésita pas à accepter une entrevue pour conférer des choses urgentes dont lui avait parlé son oncle dans son message de convocation.

XXXVI

Introduit auprès de Philippe, Louis demanda aussitôt quel pouvait être le motif de cette conférence extraordinaire.

Le duc de Bourgogne congédia les chambellans et les pages qui avaient fait escorte au duc d'Orléans ainsi que les officiers qui se tenaient aux portières du cabinet seigneurial et les deux princes restèrent seuls, assis l'un en face de l'autre.

— Mon beau neveu, dit Philippe d'un ton quelque peu solennel, jusqu'ici nous n'avons connu qu'un seul et redoutable ennemi : c'est l'Anglais. Vous remarquerez que je ne qualifie point du titre d'ennemis les Flamands révoltés. Ce sont des rebelles qu'on châtie comme les maillotins de Paris, voilà tout.

Mais jusqu'ici le seul, le véritable ennemi de la France c'est l'Anglais.

Pensez-vous comme moi, mon beau neveu? Voyez-vous par hasard quelque autre adversaire au dehors?

— Je suis de votre avis mon bel oncle, mais où voulez-vous en venir? demanda Louis avec un air d'interrogation vivement intrigué.

— Vous le saurez plus tard, mon beau neveu. Je tiens seulement à vous exposer notre situation vis-à-vis de l'étranger, et cette conférence a pour but de vous initier aux mystères de la grande politique, qu'il n'est pas bon d'ignorer toujours.

— Mon bel oncle, répliqua le duc d'Orléans, piqué par cette réflexion, quand nous voyons le gouvernement du royaume absorbé par une seule main, et quand cette main est jalouse de son pouvoir, il n'est pas facile de s'initier aux mystères de la grande politique.

Philippe-le-Hardi se mordit les lèvres; il avait compris la leçon que lui donnait son neveu.

Il voulut passer outre.

Mais Louis continuait :

— Et en fait de grande politique, mon bel oncle, je crains bien que mon illustre père, le roi Charles, de sage mémoire, n'en ait emporté le secret dans sa tombe, car nous sommes tous pygmées à côté de lui, et vous-même emporterez, après vous, les secrets de la grande chevalerie et de hautes appertises d'armes.

Ces derniers mots étaient un correctif à la nouvelle leçon assez mortifiante que Louis d'Orléans faisait à son oncle.

Celui-ci avait compris encore; il ne dit rien. Le caractère impétueux et irascible du duc de Bourgogne aurait pu éclater; mais l'oncle se calma devant son neveu et comme il était d'une loyauté excessive, peut-être se rendit-il à lui-même cette justice que l'art de la grande politique n'était pas plus son partage, que la vertu n'était la qualité dominante de son jeune interlocuteur.

Cet échange de compliments aigres-doux contribua à maintenir la conversation sur le ton froid qu'elle avait pris dès le début, et Philippe, qui comptait bien prendre sa revanche sur le premier prince du sang, reprit avec gravité :

— Donc, vous ne voyez aucun ennemi en dehors de l'Anglais ?...

— Ah ! si, répondit Louis qui croyait avoir trouvé et qui s'empressait de faire montre de perspicacité.

N'avez-vous pas projeté, mon bel oncle, une croisade en Hongrie, pour porter secours au chef de ce royaume, au roi Winceslas, qui est menacé par les infidèles, par les Turcs, qui menacent déjà les provinces du Bosphore et du bas Danube ?

— C'est vrai, mon beau neveu; j'avais fait savoir à notre cousin et allié Winceslas, que le roi de France lui prêterait peut-être la lance de ses meilleurs chevaliers... mais de là à une croisade, à une action directe de la France, il y a loin. Peut-être y faudra-t-il songer. Bientôt je vous demanderai là-dessus votre avis, car je vois avec plaisir que l'affaire des Turcs n'avait pas échappé à vos préoccupations.

— Je me préoccupe de l'honneur du royaume et des intérêts de la chrétienté, monseigneur, et si, ce qu'à Dieu ne plaise, vous veniez à nous manquer pendant la maladie du roi mon frère, je sais ce que le devoir m'ordonne de faire pour assurer la marche du gouvernement.

Philippe fit la grimace. Il avait décidément devant lui un compétiteur sérieux.

Il continua cependant.

— A part l'éventualité d'une guerre contre les Turcs, nous ne voyons donc rien ?

— Non mon bel oncle. L'Espagne est tranquille. Le roi de Navarre, fils de Charles-le-Mauvais, est notre ami et allié. Le roi de Castille est notre allié. Le roi Richard d'Angleterre, malgré la lutte sourde des Lancastre, qui veulent déposer le souverain régnant, le roi Richard nous propose une trêve de vingt ans, et il demande la main de la fille aîné de mon royal frère pour l'héritier de la couronne d'Angleterre... Vous voyez, mon bel oncle, que je sais tout cela et que, dès-lors, la haine implacable entre Français et Anglais peu s'atténuer?

Philippe écoutait toujours, mais en hochant la tête à cette dernière réflexion de son neveu.

— Après l'Angleterre, mon bel oncle, à part les Turcs, les Gantois, tous les Flamands sont réduits à l'obéissance; les Allemands ne bougent pas; l'Italie est notre alliée depuis que leur principal potentat confédéré, mon beau-frère, peut seul répondre de la paix de la Péninsule, où, d'ailleurs, la querelle des deux papes (les clémentins et les urbanistes) est suffisante pour occuper les esprits, grâce au nouveau schisme.

Non, mon bel oncle, je ne vois nulles causes de guerre, et toutes nos préoccupations sont à l'intérieur.

— Je vous fais mon compliment, mon beau neveu, de la connaissance que vous manifestez de l'état politique de l'Europe, et d'une partie de nos relations avec les peuples étrangers. Je vois que le souci des plaisirs ne vous a pas détourné du souci des affaires et vous me donnez, en effet, la preuve que vous pourriez, en un cas de malheur, suppléer à ceux qui viendraient à manquer pour l'administration de ce royaume...

Ceci était dit avec ironie, mais Louis d'Orléans écoutait avec attention, ne sachant pas au juste qu'elle était la véritable pensée de son oncle.

— Mais, rassurez-vous, dit celui-ci avec un sourire plein de malice, Dieu vous épargnera le fardeau du gouvernement intérimaire de la France; notre cher sire, le roi, va guérir et alors il reprendra les rênes d'un gouvernement laborieux et difficile. Mais jusque-là, et tant que Dieu me prêtera la vie, je ferai bon et vigilant office de premier pair du royaume, d'oncle du roi et de chef du conseil.

— Si c'était pour me signifier une pareille volonté que vous m'avez mandé ici, mon bel oncle, je dois vous dire que je n'ignorais pas vos intentions à l'égard de l'administration de la France. Ce que le roi, notre maître, a approuvé, je n'ai pas le droit d'y contredire, et je m'incline devant vous parce que vous avez été l'élu de trois rois du grand héros mon aïeul Jean-le-Bon; du grand politique, mon père illustre, le roi Charles, et du bon et excellent souverain qui règne sur nous et que Dieu a affligé.

Mais, en vous reconnaissant pour supérieur par le nom, par la tradition, par la gloire, par les services et par les choix très-élevés dont je parle, il ne me conviendrait pas, mon bel oncle, de m'incliner devant personne après mon roi; et si le roi était malade et que vous ne fussiez plus de cette terre, je prendrais la direction du gouvernement, car tel est mon droit.

Louis accentua ces derniers mots avec une certaine fermeté, et ces paroles étaient une réponse indirecte faite à la pensée secrète de Philippe, d'associer son fils aîné, Jean, comte de Nevers, à l'administration française.

Le duc de Bourgogne comprit, en effet, que là gisait la cause des antagonismes futurs, et que les deux ennemis irréconciliables sur les marches du trône étaient son fils et le duc d'Orléans.

Il poussa un soupir comme pour chasser une pensée pénible.

— Enfin, s'écria-t-il, espérons que Dieu épargnera d'autres malheurs à notre famille et de nouveaux fléaux à la France!

Voici pourquoi, beau neveu, je vous ai mandé. Peut-être quand vous m'aurez entendu, regretterez-vous l'amertume affectée de vos paroles, et vous me remercierez de vous avoir témoigné, moi, une sollicitude de père et une politique de véritable français.

Cette fois, le duc Orléans écouta avec une attention respectueuse.

XXXVII

Philippe déroula plusieurs parchemins.

— Voici, dit-il, un message qui prouve que la France a d'autres ennemis que ceux que vous lui connaissez.

— Jean Galléas Visconti, duc et potentat de Milan et de Lombardie, beau-père du premier prince du sang de France, gendre de Jean-le-Bon et beau-frère, par alliance, de celui qui vous parle en ce moment, nous menace d'invasion par les Alpes, si nous continuons à le mécontenter encore...

— A le mécontenter encore! et il nous menace d'invasion?

Et en disant ces mots avec lenteur, le duc d'Orléans était comme atterré.

Puis, tout-à-coup, partant d'un éclat de rire prolongé et sonore :

— Mais non! mais non! mon bel oncle, ceci n'est plus de la grande, c'est de la *plaisante* politique!

Philippe, resté froid et silencieux pendant cet accès d'hilarité de son neveu, reprit avec gravité sans répondre aux derniers mots de Louis.

— Le duc de Milan est furieux contre moi, contre mes frères et cousins du Conseil, contre les princesses, contre le roi, contre la reine, et enfin contre vous, parce que sa fille, votre noble épouse, est maltraitée à la cour de France, et hautement déconsidérée par les princes et les sujets.

Louis semblait de plus en plus surpris, bientôt il fut comme interdit; son oncle, d'ailleurs, continuait sur le même ton :

— Et Galéas Visconti a été excité contre nous par les plaintes et doléances répétées de Valentine.

— De ma Valentine?

— De votre Valentine, mon beau neveu. Et à propos, pourquoi cette douce appellation de *votre* Valentine ici, quand vous lui prouvez si peu, à elle-même, qu'elle vous est *vôtre*, qu'elle vous est *chère*?

Louis ne prit pas garde à ce singulier reproche; l'objet principal des révélations de son oncle le préoccupait autrement.

— Mais de grâce, mon bel oncle, donnez-moi l'explication de tout ceci!

— Valentine a écrit à son père que nous lui refusions l'honneur et la considération à laquelle elle a droit. Vous seul savez qui est le seul, le vrai coupable, s'il y a quelque coupable ici. Alors, son père a écrit officiellement au Conseil du roi pour nous inviter à lui rendre sa fille à son premier appel; pour nous menacer d'une guerre directe et d'une alliance avec nos ennemis, en cas de résistance de notre part. Et il fait sonner haut la pique de ses soldats et les écus de son trésor. Voilà le fait, voilà aussi l'humiliation!

— Mais, mon oncle, vous me voyez atterré de tout ce que vous me dites. Je comprends d'ailleurs votre émotion, votre colère, à la réception d'un semblable message qui porte atteinte à notre honneur; mais si pour se plaindre de nos torts personnels, Valentine a provoqué une pareille intervention paternelle, je suis décidé à y mettre ordre; à aller trouver ma femme auprès du roi, à lui demander toutes explications et, s'il le faut, nous irons tous les deux à Milan, non en suppliants, mais en époux unis qui doivent faire tomber tous les sujets de discorde entre deux familles, entre deux pays!

— C'est très-bien cette résolution, mon beau neveu, et nul plus que vous ne peut provoquer d'explications de la part de la duchesse d'Orléans et du duc de Milan, votre beau-père. Quant à nous, il nous est impossible de rester sous le coup de l'outrage que nous inflige le message d'un potentat des Alpes. Il a fallu toute l'Angleterre en armes pour nous faire quelque mal chez nous; mais elle ne nous a pas fait trembler. Elle pourra se ruer encore sur nos plaines, mais nos petits-fils s'habitueront, comme nous, à chasser l'envahisseur. Ce n'est donc pas l'arrogance d'un duc aventurier d'Italie, qui nous fera courber la tête, et vous partagerez comme moi, comme vos oncles, toute l'humiliation que nous cause cette intervention de famille devenue presque une cause de guerre.

— Je partage absolument tout ce que vous ressentez, répondit le duc d'Orléans ; je me sens confus de ce qui arrive ; mais je vais faire mon devoir, mon oncle ; et, s'il y a des torts, je vais les assumer tous ; s'il y a des concessions à faire sans que l'honneur de notre sang et celui de la couronne soient engagés, je vais faire seul ces concessions. Je vous le jure, foi de chevalier et de fils de France !

L'accent de ces paroles trouva un écho dans l'âme noble et généreuse de Philippe. Il sortit alors de la raideur de son attitude et entra avec son neveu dans tous les détails de l'affaire, parla des causes probables du mécontentement de Valentine, des querelles entre les deux familles d'Orléans et de Bourgogne, en un mot, le duc fut expansif et paternel.

XXXVIII

— Puisque tels sont les sentiments que vous m'avez exprimés, voici, mon beau neveu, dit Philippe-le-Hardi, quels sont les projets que j'ai médités depuis le moment de la réception du message de Galéas.

Je presserai le roi ou, tout au moins, j'agirai au nom du roi pour que la fille de Charles VI soit promise en mariage au fils du roi d'Angleterre. Quoi qu'il m'en coûte de laisser consacrer une alliance de cette nature, je ferai abnégation de mes sentiments de patriotisme et d'amour-propre pour que l'Angleterre et la France aient trêve et paix le plus longtemps possible. J'aurais voulu prendre une toute autre revanche de ces éternels envahisseurs, mais la politique a des exigences plus hautes que l'épée, et nous nous accorderons donc avec nos voisins de l'autre côté de la Manche.

Puis, afin de prouver à Galéas Visconti que la France ne craint pas de se mettre en avant pour une cause de guerre et d'honneur, je donnerai la permission à mon fils aîné, le comte de Nevers, de prendre le commandement d'une armée d'expédition contre les Turcs.

Jusqu'ici, je répugnais à cette idée qui peut coûter beaucoup de sang et d'or ; je préférais réserver de précieuses ressources pour la guerre contre l'Anglais ; mais, puisque nous allons consentir à une trêve et à une alliance de familles avec la maison souveraine de la Grande-Bretagne, les forces disponibles partiront en Turquie et, par là, votre singulier beau-père verra que nous ne sommes pas des gens à nous laisser intimider par des menaces, puisque pour la seule cause du nom chrétien nous ne craignons point de mettre une nouvelle croisade en campagne.

Enfin, vous ferez vous-même le nécessaire pour que les plaintes de Valentine, — plaintes toujours fâcheuses et regrettables — ne se renouvellent point. Vous ferez, au besoin, le voyage de Milan, non point en suppliant, comme vous l'avez compris en véritable prince et chevalier que vous êtes, mais pour faire voir à votre beau-père que votre épouse, par excès de tendresse, d'amour pour vous, s'est laissée abuser par des craintes chimériques, d'autant plus chimériques que la noble Valentine a, parmi nous, le plus haut rang et la plus grande certitude de respects qu'on puisse assurer à une reine.

Et pour faciliter votre rôle de conciliateur, laissez-moi, mon cher neveu, ajouter un conseil qui, si vous voulez bien le suivre, vous donnera la plus grande autorité sur votre épouse et sur Galéas.

— Parlez, parlez, mon bel oncle, je vous écoute et je suis prêt à suivre vos prudents avis.

— Vous n'ignorez pas, mon beau neveu, que votre conduite, qui a donné tant de chagrins et tant de motifs de jalousie au roi, est surtout la cause secrète des tourments et des doléances de Valentine.

A la duchesse de Bourgogne et à moi, votre épouse a toujours répondu en quelque sorte : « Mêlez-vous de vos affaires ! » Cela eût été d'un digne caractère si Valentine ne s'était pas plainte en Italie. Il faut donc ôter désormais un pareil prétexte à votre femme, ne faire des enfants qu'avec elle et cesser ce commerce scandaleux que vous avez entretenu avec des princesses, des femmes de la Cour, des ribaudes, et dont le bruit public s'est emparé pour nous faire à tous un crime de débauche, alors que la débauche venait de vous.

Je vous parle ici, mon beau neveu, d'abord comme oncle, comme tuteur naturel et surtout comme chef intérimaire du gouvernement. Il faut donc prendre en bonne part mes observations et mes avis. Il faut vous amender. Vous voilà père de trois beaux enfants ; je ne compte pas votre bâtard, installé chez vous et que madame Valentine, par un sentiment d'amour pour vous, élève comme ses propres fils. Eh bien ! il faut laisser à cette famille un héritage de bons exemples et ne plus continuer la fâcheuse conduite que vous savez.

Et en disant ces mots, le duc de Bourgogne tendait la main au duc d'Orléans, comme pour adoucir, par cette affectueuse étreinte, la sévérité de ses paroles.

Le duc, la tête basse, avait écouté la mercuriale. Il prit la main de son oncle et la serra fortement.

Puis il se leva.

— Il faut, dit-il, corriger l'effet de l'affront que nous a fait le duc de Milan. Tout ce que vous avez médité, mon bel oncle, est très-bien pour la politique française et pour la dignité de notre sang royal.

La reine et l'escorte tombèrent dans un piège de brigands.

— Ce que je ferai moi-même méritera votre approbation.

— Bien, mon beau neveu!

— Et je vais partir dans la direction du Mans pour aller retrouver le roi et surtout Valentine.

Je vous enverrai un message après que j'aurai causé avec ma femme.

— Surtout, mon beau neveu, pas un mot de tout ceci en dehors de Valentine!

— C'est dans notre intérêt, monseigneur, et je vous obéis d'avance.

— Eh bien! mon cher Louis, dit Philippe-le-Hardi en se levant, moi aussi j'oublie les torts, les écarts, les mauvais propos : faites bien et amendez-vous! Alors vous me trouverez toujours prêt à vous seconder, à vous protéger, et vous retrouverez en moi un second père.

Le duc d'Orléans s'inclina et sortit.

XXXIX

Le frère de Charles VI ne prit que le temps de faire préparer son équipage de voyage, ses chevaux, son escorte de gens d'armes et ses varlets.

Il partit immédiatement après, et le duc de Bourgogne put se dire et se croire le maître absolu de la France, aujourd'hui qu'il faisait marcher tous les princes à son commandement.

Il était en ce moment le vrai roi.

Celui qui contestait sans cesse, sinon ouvertement par les armes, du moins par ses critiques, ses observations, son opposition au conseil ou au milieu de l'armée, le duc d'Orléans, s'inclinait aujourd'hui devant l'autorité souveraine de Philippe le Hardi, et le duc de Bourgogne négocia politiquement, de manière à exécuter de point en point le programme qu'il s'était tracé, qu'il avait révélé au duc d'Orléans, pour assurer la trêve anglaise, pour organiser la croisade contre les Turcs et pour en imposer à Galéas Visconti, duc de Milan.

Cependant, Louis chevauchait dans la direction du château royal où se trouvait Charles VI.

Il arriva le lendemain à la demeure du royal aliéné, où se trouvaient Isabeau de Bavière et son épouse Valentine.

Quand on signala de loin la chevauchée princière du frère du roi, la reine de France éprouva comme une joie secrète...

Elle allait donc revoir Louis, et il lui semblait qu'elle n'aurait pas de peine à convaincre le duc libertin et volage des sentiments nouveaux que Valentine manifestait pour le roi ; car celui-ci, se calmant et se rétablissant à vue d'œil, grâce à l'heureuse influence de sa belle-sœur, témoignait à Valentine une affection extraordinaire.

Isabeau ne voulait plus resterauprès de son époux, qui, recouvrant peu à peu la raison, éprouvait pour sa femme une répulsion non dissimulée. Grâce à Valentine, qui l'en suppliait à chaque instant, Charles VI toléra que sa femme restât avec lui; mais sans la duchesse d'Orléans, il l'eût chassée, car la vue d'Isabeau avait maintenant pour effet de surexciter au suprême degré la furie du roi.

En voyant arriver le duc d'Orléans, la reine comptait bien se venger, et elle se promit de repartir avec son beau-frère, se persuadant volontiers que Valentine serait laissée seule auprès de Charles VI...

Isabeau avait hâte de rentrer dans la voie des débordements dont le scandale avait froissé les mœurs pourtant peu farouches de la société de ce temps-là.

Louis d'Orléans fut reçu avec bonheur par son épouse, avec une joie pleine d'arrière-pensées par Isabeau de Bavière.

On apprit son arrivée à Charles VI, qui ne se dérangea point, car il se promenait en ce moment dans un beau parc et il jouait avec son fils, sa fille et les deux enfants de Valentine de Milan.

Bon et aimant, Charles VI, en ses heures de lucidité, était le plus parfait gentilhomme de son siècle, le plus généreux, le plus dévoué ami. Il savait beaucoup : son éducation était exquise, et, pour les jeunes enfants qui l'entouraient et qui l'adoraient, avec lesquels il jouait comme un ami et non comme un père, il était à la fois le plus disert précepteur, le plus aimable des maîtres en l'art de bien dire.

Un enfant, parmi ceux qui gazouillaient autour de lui, buvait en quelque sorte les bons mots, les phrases élégantes, les anecdotes, les beaux vers que récitait Charles VI avec une merveilleuse mémoire qui se développait de plus en plus, maintenant que la raison lui revenait; un enfant, l'aîné de Valentine, Charles d'Orléans, apprenait à devenir poète à cette école particulière d'un roi malade, instruit et bon.

Et Charles VI devinait bien que celui-là serait l'honneur de la langue française, si belle en sa naïveté, si pittoresque, si expressive en même temps, et qu'il serait un fidèle servant de la muse du moyen âge.

Il était donc au milieu des jardins où s'ébattaient ces beaux enfants, les siens et ceux de Valentine; au milieu des pages, des chiens et des oiseliers, quand on vint lui dire que son frère était arrivé de Paris.

Charles VI fronça le sourcil, mais il ne se dérangea nullement. Il répondit au chambellan, porteur de la nouvelle, qu'il verrait plus tard le duc d'Orléans dans ses appartements.

Et il continua ses jeux avec ses jeunes amis.

XL

Mais Louis d'Orléans n'était pas pressé de voir son frère. Il avait rempli son devoir en se tenant aux ordres du roi avant de se livrer à sa famille, et maintenant que Charles l'ajournait à une audience ultérieure, il put, après avoir très-cérémonieusement présenté ses hommages à la reine, vivement intriguée des airs très-sérieux et pleins de mystère de Louis, il put, disons-nous, se livrer à l'entretien particulier qu'il sollicita de Valentine, dans l'appartement que celle-ci occupait au château royal.

On devine sans peine quelle devait être l'anxiété de la duchesse d'Orléans, en voyant son jeune époux prendre également vis-à-vis d'elle une attitude étrange et tout à fait incompréhensible.

Quand ils furent seuls, Louis révéla tout à Valentine, et celle-ci, confuse, rougit devant son époux pour l'humiliation que ses plaintes avaient valu à la couronne de France.

Louis d'Orléans n'épargna point les reproches, et cette fois, le prince français avait raison contre cette épouse jusque-là inattaquable en tous points.

Le duc insista sur la gravité et sur les conséquences de sa faute; il répéta la conférence du duc de Bourgogne, et Valentine se mit à pleurer d'émotion et de repentir.

Elle en demanda pardon à son époux, parce que sa qualité de prince du sang lui rendait éminemment sensible l'outrage du duc de Milan. Elle voulut se jeter aux genoux de Louis et lui demander amèrement pardon...

Louis contint son épouse et il parla avec plus de douceur, promettant à Valentine de rechercher avec elle le moyen le plus prompt et le plus digne pour conjurer l'effet déplorable de cette intervention étrangère dans des affaires de famille.

La duchesse fut bien heureuse de ces dispositions nouvelles de son époux. Elle n'éclata pas contre celui-ci en récriminations et en reproches pourtant bien justifiés, mais parla des procédés odieux dont elle était l'objet de la part de princesses acariâtres, hautaines et jalouses; de la part d'une cour ignorante et superstitieuse. Elle insista surtout sur la façon inique avec laquelle agissait surtout la reine Isabeau. Et Valentine offrit à son époux sa vie, sa conduite à examiner tout entière pour voir si la femme avait cessé ou cessait d'être digne un seul moment de la confiance et de l'amour de son mari.

Louis savait bien que Valentine était au-dessus de tous les soupçons. Entre les deux il n'y avait qu'un seul coupable d'infidélités, c'était lui ; il se rendait cette justice, et quant à Valentine il lui rendait aussi la justice de la croire la plus amoureuse, la plus fidèle des épouses. Valentine ne lui donnait-elle pas une preuve de cet amour ardent, passionné en pardonnant tout à son Louis moyennant un sourire ; en recueillant les enfants illégitimes de l'époux libertin ?

Commencé ainsi sur le ton des révélations et des reproches graves, l'entretien des deux époux, après avoir traversé la phase des confidences et des récriminations intimes, aboutit à un accord de conduite pour conjurer une faute politique ; il aboutit surtout à un échange de douces protestations d'amour qui ravirent jusqu'au troisième ciel la douce et aimante Valentine.

Alors, dans un moment de transport enthousiaste, elle offrit à Louis de partir pour Milan ; d'aller dire à son père qu'elle était une folle, une écolière, une méchante correspondante ; qu'elle avait menti...

Elle poussait l'abnégation jusqu'à se faire passer pour une princesse sans tête, sans cœur, sans sincérité, sans dignité.

Louis refusa ce sacrifice.

Les deux époux restèrent encore longtemps ensemble, et il fut convenu que Valentine ferait parvenir par un messager royal, accompagné d'un officier de la maison du duc d'Orléans, une lettre explicative au duc Galéas Visconti. Le duc d'Orléans se réservait d'ailleurs de rédiger cette lettre avec son épouse, et Valentine, heureuse, enlaça de ses beaux bras son noble époux, pour lequel en ce moment elle eût donné mille fois sa vie.

Louis d'Orléans, ému de la tendresse de Valentine, des nobles sentiments qui l'animaient, des justes motifs de chagrin que venait de lui révéler la duchesse, promit à celle-ci de lui faire oublier ses propres torts, de la protéger contre l'ignorance et la calomnie des méchants et des jaloux.

Sur ce serment scellé par les plus doux baisers du monde, Louis et Valentine — celle-ci radieuse — descendirent dans la salle d'honneur du château pour y attendre l'ordre de réception du roi.

Isabeau de Bavière ignorait et devait ignorer, d'ailleurs, le motif de la visite inopinée du duc d'Orléans à la demeure du roi. Elle se flattait que Louis ne pouvait se passer d'elle, et elle avait déjà caressé le rêve d'une fuite amoureuse avec celui qu'elle aimait avec passion.

Lorsqu'elle s'aperçut, au contraire, que le duc et la duchesse plus heureux que jamais, au bras l'un de l'autre prenaient vis-à-vis d'elle, Louis surtout devant la reine, une attitude de cérémonie et de respect, Isabeau comprit qu'elle était trahie et que Valentine triomphait encore une fois.

Dans son regard, étonné d'abord, illuminé d'éclairs ensuite, la reine déçue et jalouse laissa éclater sa pensée tout entière.

Elle résolut de se venger.

Mais le pouvait-elle, puisque le roi, dans son état ne pouvait pas ordonner; puisque le duc de Bourgogne lui étant odieux et hostile, ne ferait rien pour servir les intérêts, les passions ou la rancune de la reine; puisque personne, pour tout dire, ne pouvait prendre ou exécuter une mesure au nom d'Isabeau de Bavière?

Elle quitta brusquement la compagnie de Louis et de Valentine et elle entra dans ses appartements, où elle s'enferma pour pleurer de rage, pour méditer sa vengeance.

Et en attendant, Charles VI prévenu par Valentine elle-même recevait les deux époux et grâce à l'influence de la duchesse qui se faisait le protecteur du volage et coupable Louis, le roi ne se souvint plus en ce moment des fautes de son frère et il tendit à celui-ci ses bras, où se précipita le duc visiblement ému et positivement heureux de cette royale étreinte.

Le duc d'Orléans exprima hautement sa satisfaction de voir son frère en excellente voie de guérison; il dit à Charles VI qu'il venait prendre directement des nouvelles de sa santé, au nom du Conseil de France et du peuple de Paris.

Charles fut enchanté d'apprendre qu'il était de la part de tous l'objet d'une pareille sollicitude. Il prouva d'ailleurs que sa raison reprenait un sérieux empire en s'entretenant avec le duc d'Orléans des affaires du royaume.

Louis demeura stupéfait de contentement en voyant avec quelle lucidité le roi conversait des choses les plus importantes de la politique et de l'armée; et au fond sa joie avait un motif : le roi régnant, le duc de Bourgogne, dont le gouvernement était si despotique et la tutelle si ombrageuse, si jalouse, le duc de Bourgogne serait obligé de céder le pouvoir au maître légitime.

Tant que le roi serait malade et tant que vivrait Philippe le Hardi, il n'y avait pas de motifs et on n'avait pas la force nécessaire pour détrôner le vrai régent; mais une fois le roi rétabli, les situations s'arrangeaient forcément, et Louis reprenait son rang et son rôle sur les premiers degrés du trône.

Isabeau de Bavière vint assister à l'affectueuse conférence entre le roi et le duc d'Orléans. Celui-ci affecta de ne pas regarder la reine comme il le faisait assez effrontément autrefois, et le roi ne prit point garde à la figure agitée de son épouse.

— Monseigneur, dit celle-ci, le moment est propice pour que nous rentrions à Paris, et votre présence au siége du gouvernement fera cesser des compétitions funestes...

— Que voulez-vous dire, madame? demanda Charles VI avec calme, mais avec le ton le plus froid.

— Je sais, monseigneur, qu'on règne, qu'on décrète là-bas sans vous, mais par vous et contre vous. Il est venu jusqu'à moi, votre humble épouse et servante, que les peuples sont accablés d'impôts, et qu'on prépare des guerres et des alliances à votre insu.

Charles interrogea Louis.

Le duc d'Orléans ne parla que des projets concernant la croisade en Turquie et de la demande de mariage, faite par l'Angleterre, de la princesse Catherine de France, fille de Charles et d'Isabeau. Le duc affirma que le gouvernement était sage, qu'il n'indisposait ni le peuple ni l'armée...

Isabeau contesta.

Alors la conversation menaça de devenir irritante.

Charles VI, trop faible pour prendre une détermination, interrogea du regard la reine, le duc d'Orléans, la duchesse Valentine.

Bref, Isabeau décida que, pour le bien du roi et pour l'honneur du royaume, elle partirait pour Paris, dût-elle voyager seule.

Et sur cette déclaration, la reine sortit.

Frappés de surprise par cette façon intempestive, hautaine et scandaleuse de s'immiscer dans la politique et de forcer la main au monarque, le duc d'Orléans et Valentine se demandèrent, par une muette interrogation du regard, si la folie ne devenait pas contagieuse dans la maison du roi.

Les airs d'Isabeau avaient de quoi provoquer un pareil doute.

Charles VI, lui, resta impassible.

— Restez, mes amis, restez, disait-il avec douceur à Louis et à Valentine. Tu as bien fait de venir me voir; tu m'accompagnéras à Paris, où je veux en effet rentrer bientôt, cher Louis.

— Et la reine? hasarda le duc d'Orléans.

— Ah! la reine, dit Charles, la reine veille sur moi!

Ceci devenait énigmatique, Louis et Valentine furent inquiets.

— La reine veille sur moi, continua le roi, au point d'empêcher mes amis d'approcher. Quand ces amis forcent ma porte, elle s'éloigne. Je lui donne donc congé!

— Mais, dit Louis, il ne faut pas que ce départ ait lieu ainsi! Il faut prévenir le fâcheux effet d'un retour isolé de l'une des personnes du couple royal. Que dirait-on à Paris?

Charles VI ne répondit rien. Il paraissait absolument indifférent à tout ce que faisait ou pouvait faire la reine.

Celle-ci avait donné des ordres; elle voulait s'éloigner en quasi-fugitive. Des varlets, ses âmes damnées, avaient préparé des chevaux et une escorte.

La reine quitta ainsi brusquement son époux, sa famille, la cour temporaire où se rétablissait peu à peu le roi de France.

Quand le duc d'Orléans, pour éviter tout scandale, voulut courir après Isabeau au galop de son coursier, la reine était déjà loin.

Mais, par une singulière circonstance, le peloton d'escorte et la reine ellemême tombèrent dans un piége de brigands de grands chemins.

La reine eut toutes les peines du monde à se dégager de ce parti de ribauds, et heureusement que sa mise de voyage ne décelait pas trop sa qualité. Elle était perdue sans cela, ou plutôt mise à dure rançon.

Charles VI convalescent, et son frère, Louis d'Orléans.

Le sang-froid ne l'abandonna pas un instant au milieu d'une lutte terrible où les siens se battaient et où plus d'un succombait...

Elle laboura hardiment les flancs de son coursier, qui bondit tout à coup, évitant ainsi un coup de pique de l'un des assaillants, et ce noble animal, retournant en arrière, emporta jusqu'au château du roi la reine fugitive, dont le départ singulier avait fait moin sd'événement que ce brusque retour.

Isabeau arrivait seule; son cheval l'avait sauvée. Elle expliqua sa fugue par désir de surveiller l'administration du royaume, et elle raconta tous les détails de l'attaque des brigands.

Ce dernier thème lui servit à souhait pour pouvoir éviter de plus longues explications sur une fuite au moins singulière.

Il lui fallut, à son grand déplaisir, reprendre l'existence à côté du roi et en face de ce duc d'Orléans, la cause véritable de toutes ces extravagances du dépit.

XLIII

Le duc d'Orléans ne se sentait pourtant point à l'aise dans cette cour temporaire, entre le roi, la reine et sa propre épouse.

Quand tout le monde savait la nature des relations qui avaient existé entre Louis et Isabeau, il n'était ni digne ni tolérable que le duc d'Orléans prolongeât son séjour auprès du roi.

D'ailleurs, il paraissait revenu à d'autres idées plus sages, et l'admonestation quasi-paternelle du duc de Bourgogne avait produit d'autant plus d'effet sur l'esprit de Louis d'Orléans, que cette leçon s'ajoutait à l'humiliation venue d'Italie et sous le coup de laquelle Louis avait fléchi, en faisant un subit et sérieux retour sur lui-même.

Alors le duc se hâta de rédiger pour Valentine un projet de lettre que celle-ci transcrivit et qu'elle expédia à son père à la cour de Milan.

Elle conjurait Galéas Visconti de n'ajouter point d'importance à ses plaintes précédentes, parce que dans un excès de susceptibilité elle avait écrit des choses qui étaient loin d'être la vérité; qu'au contraire, le roi avait pour elle la plus sincère affection fraternelle, que le duc son époux était avec elle et lui témoignait de sa tendresse; que le régent ou le chef du gouvernement, le duc de Bourgogne, n'avait jamais été si paternel.

Elle suppliait, en outre, le potentat de la Lombardie d'avoir égard à ce fait, que le duc de Bourgogne, vivement froissé par la réception du message comminatoire de Galéas, avait fait taire ses ressentiments légitimes pour ne donner à ce qui venait de se produire que les seules proportions d'un incident de famille, et que cet incident s'était vidé entre Philippe le Hardi, Louis d'Orléans et Valentine.

Tous les autres personnages du conseil du royaume ignoraient l'existence de cette pièce blessante, que la chevalerie française n'eût pas bénévolement acceptée, maintenant surtout que le royaume, en paix depuis plusieurs années, était assez fort pour résister et au besoin pour châtier toute agression intempestive.

Enfin elle demandait à son père d'envoyer en France un officier de la cour de Milan, chargé de la confiance de Galéas, pour constater les choses, mais étant, en apparence, porteur des compliments de famille pour le roi convalescent et pour les membres du conseil du royaume. Cette démarche anéantirait pour toujours, — surtout dans l'esprit du duc de Bourgogne, — la lettre de menace et l'effet produit par ladite lettre.

Tel fut le message habile et supérieurement politique écrit par la plume de Valentine et inspiré mot à mot par son jeune époux, qui savait prouver, quand il le voulait, une rare et subtile intelligence. Louis, comme son frère, était très-instruit, et il savait parler la langue politique comme le roi Charles VI. Ils étaient bien les fils et les élèves de leur père Charles V.

Quel malheur pour eux, et pour la France surtout, que leur père fût mort avant l'heure!

Si le poison de Charles le Mauvais n'avait pas enlevé à sa gloire, à ses succès, à ses grandes œuvres de réparation nationale, le sage Charles V, les désordres de ses successeurs et les malheurs de ses enfants et de la France ne se fussent point produits et, du moins, Charles VI et Louis d'Orléans auraient été des hommes faits et accomplis en tout à la mort normale de leur glorieux père. Alors les talents, les qualités généreuses du successeur légitime et du duc d'Orléans se fussent développés pour le bien, et au lieu d'un fou sur le trône, notre histoire nationale aurait compté un grand prince de plus, car Charles VI avait en germe tout ce qui fait le héros, l'homme d'État et le savant.

Mais que disons-nous? Si de tout temps la France avait été bien gouvernée, elle aurait été trop heureuse, elle eût réalisé le paradis terrestre!

XLIV

Le message de Valentine, terminé et scellé, fut confié à deux porteurs spéciaux, chargés des pouvoirs du duc et de la duchesse d'Orléans.

Le duc alla ensuite trouver le roi et lui demander la permission de rentrer à Paris. Valentine, d'ailleurs, insistait pour obtenir cette permission; elle voulait partir avec son époux, trop heureuse de retrouver dans l'amour de son cher Louis une compensation à tant d'amertumes dévorées en silence.

Le roi pâlit en songeant qu'il allait rester seul ; du reste, il pressait ses médecins pour leur faire décider que le roi pouvait vaquer aux travaux ordinaires du gouvernement et qu'il pouvait rentrer à Paris.

La détermination subite de Louis et de Valentine le poussa à prendre lui-même une résolution, et il fit appeler la reine pour lui dire publiquement devant la cour qu'il se ferait le surlendemain le chevalier de son épouse pour la conduire jusqu'à Paris, afin d'éviter de nouveau les brigands de grands chemins.

La reine, que cet affront irrita d'autant plus qu'il était d'abord mérité, puis compris de tous, enfin parce qu'il était dit par un homme qui recouvrait très-sensiblement la raison, et qui parlait avec calme et sévérité, la reine répondit sèchement qu'elle était aux ordres du roi !

Elle voulait rentrer à Paris, c'est tout ce qui lui importait le plus ; car, rebutée aujourd'hui par Louis, tenue en échec par la présence, l'influence, l'ascendant de Valentine, elle ne désespérait pas d'avoir définitivement la victoire à Paris et elle s'inclina donc, sans mot dire, devant l'ordre accompagné du mot si sanglant du roi.

Charles VI était en réalité guéri, et son retour dans la capitale fut salué par les acclamations du peuple. En fait, le duc de Bourgogne continua à régner, et les projets d'union avec l'Angleterre purent se réaliser comme l'avait décidé Philippe le Hardi. La croisade contre les Turcs, sous les ordres de Jean, comte de Nevers, fut décidée, et Isabelle de France fut donnée à Richard II, roi d'Angleterre.

XLV

Richard était fils du célèbre Édouard de Galles, Prince Noir (1). Il succéda à Édouard III. Né à Bordeaux en 1366 et pour cette cause appelé *Richard de Bordeaux*, il monta sur le trône d'Angleterre en 1377. Ce prince faible, successeur du puissant et énergique Édouard III, était à peine arrivé au pouvoir suprême, qu'il se vit entouré de nombreuses factions contre lesquelles

(1) Voir les *Grands jours de la Revanche*, un beau volume illustré, 2 fr. 50. Chez M. Claverie, 8, rue du Croissant.

il lutta en vain pendant toute la durée de son règne. La France lui enleva presque toutes les possessions anglaises du continent, et la politique de Philippe le Hardi le contraignit de nous demander la paix, de souscrire à une trêve de vingt-huit ans et d'épouser la fille du roi de France. Il nous abandonnait enfin les ports de Brest et de Cherbourg.

Alors, l'Angleterre, le Parlement, le peuple et l'armée comparèrent cette décadence aux fastes glorieux du précédent règne, et un mécontentement général souleva l'Angleterre entière.

Le duc de Lancastre, frère du *Prince Noir* et lui-même capitaine illustre, fit ressortir aux yeux de la nation le degré d'abaissement où était descendue l'Angleterre des grands Édouards. Le trône et l'existence de Richard II furent alors menacés, et en vain la France menaça-t-elle de protéger son allié; la révolution éclata à Londres, et le Parlement vota par acclamation la déposition du roi.

Le duc de Lancastre fut proclamé successeur légitime de la couronne d'Édouard III, sous le nom de Henri IV, et le malheureux Richard II fut secrètement assassiné par son successeur.

La croisade contre les Turcs n'était pas un événement non moins extraordinaire.

L'Europe du sud-est était menacée par le plus grand héros des Turcs ottomans au quatorzième et au quinzième siècle.

La Hongrie implorait l'assistance de l'Europe chrétienne, et c'est cette assistance armée qui fut envoyée sur le Danube par la France de Charles VI.

Nous allions donc combattre le grand Bajazet. Esquissons ici cette curieuse figure.

XLVI

Bajazet Ier surnommé l'Éclair, était le célèbre sultan des Turcs ottomans qui succéda à Amurat Ier en 1390.

Proclamé par ses soldats vainqueurs sur le champ de bataille de Cassovo, Bajazet après avoir affermi son autorité par l'assassinat de son frère aîné Iacoub, qui pouvait lui disputer l'empire, commenca le cours de ses étonnantes conquêtes.

Il enleva successivement aux Grecs : la Macédoine, la Bulgarie, la Thessalie, ainsi que la ville de Philadelphe, leur dernière possession en Asie Mineure, puis enfin Thessalonique la Puissante.

Tous les villages furent rasés autour de Constantinople qui eut à subir un siége de cinq années.

Les musulmans ne s'éloignèrent que pour envahir la Hongrie, où les peuples tributaires du roi Sigismond imploraient leur appui.

Ce prince appela l'Europe à la défense d'une cause qui était celle de la chrétienté tout entière. Une croisade d'aventuriers italiens, castillans, allemands et de chevaliers français fut organisée et à leur fête fut placé comme nous l'avons dit, le fils aîné du duc de Bourgogne, Jean, comte de Nevers.

Au flot des infidèles fut opposé le flot des soldats du Christ.

L'armée chrétienne était forte de cent trente mille hommes. Elle marcha au-devant des Turcs, remportant quelques avantages sur des corps isolés de l'avant-garde de Bajazet, mais les deux ennemis se trouvèrent à la fois en présence dans les plaines de Nicopolis où fut livrée la bataille.

Les chrétiens firent d'héroïques prodiges de valeur. Ils luttaient un contre trois, et la chevalerie française fit plier plus d'une fois les corps les plus solides du redoutable sultan.

Bajazet alors comprend qu'il ne peut sortir que vainqueur, à peine de se voir rejeté, lui, ses forces, sa cause, le Coran enfin, dans la mer, et s'élançant au milieu de ses bataillons épais, il ordonne la victoire et la victoire lui reste.

Mais quelle victoire! Les chrétiens avaient immolé en succombant plus de quarante mille Turcs. Dans sa furie, Bajazet fit égorger dix mille prisonniers, pour venger la mort des vainqueurs de Nicopolis. Jean, comte de Nevers, fut fait prisonnier après avoir prouvé sa vaillance, et quand on l'amena devant le sultan, celui-ci lui dit : *Tu es bien Jean sans Peur!* — Et il lui fit grâce de la vie, promettant de le rendre à la France, lui et quelques-uns de ses compagnons, moyennant rançon.

C'est ce glorieux surnom qui est depuis resté au fils de Philippe le Hardi.

Sigismond, roi de Hongrie, et une partie de ses cavaliers avaient fui du champ de bataille (1396).

Les Français seuls avaient tenu contre quatre cent mille Turcs, et le triomphe de Bajazet fut si chèrement acheté, que le sultan, épuisé par la bataille de Nicopolis, se retira précipitamment par crainte de l'Europe, par crainte de cette France redoutable qui lui envoyait de si loin des adversaires d'une taille et d'une vaillance inconnues.

Il revint donc en Orient pour y chercher des succès plus faciles. Déjà il n'attendait plus qu'une occasion favorable pour anéantir les derniers débris de la domination des Grecs, et transporter à Constantinople le siége de sa puissance, mais tout à coup un ennemi redoutable, le terrible Tamerlan, que lui suscitèrent quelques émirs de l'Asie Mineure, vint, en terminant ses succès et son règne, retarder de quelques années la ruine de la capitale du Bosphore.

Le sultan répondit aux menaces du khan asiatique en insultant ses envoyés.

Tamerlan fondit alors sur l'Asie Mineure, laissant derrière lui Damas et Bagdad en cendres et une pyramide élevée avec quatre-vingt-dix mille têtes humaines.

Les deux grands dominateurs de l'Orient se rencontrèrent à Ancyre.

Tamerlan entraînait avec lui huit cent mille soldats mongols, Bajazet n'avait plus que cent mille hommes, dont vingt mille janissaires, la terreur de tous les combats.

Le sultan des Turcs ne trembla point devant le khan des Tartares.

Il attaqua. Ce fut la plus longue, la plus terrible bataille dont l'histoire ait enregistré les annales. Trois fois les cavaliers de Bajazet traversèrent l'armée ennemie; trois fois Tamerlan réforma les coins de fer de ses bataillons ébranlés par les chocs furieux de l'armée de Bajazet. Enfin, celui-ci et ses héros furent enveloppés et massacrés. Bajazet fut pris seul vivant au milieu de tous ses vingt mille janissaires morts.

Lorsqu'on l'amena à Tamerlan, le khan victorieux s'inclina devant le sultan vaincu, mais grand dans sa défaite.

— Tu ne me fais donc pas décapiter? dit Bajazet à Tamerlan.

— Non, dit celui-ci. Viens faire maintenant ta partie d'échecs avec moi. Tu seras mon prisonnier, mais mon ami, et je t'admire!

Bajazet survécut un an à la bataille d'Ancyre, et Tamerlan mourut deux ans après la fin de son glorieux vaincu.

Tel fut Bajazet.

XLVII

Pendant cette période d'agitations en Angleterre et de guerres à l'extérieur, Charles VI régna et gouverna effectivement en pleine santé jusqu'en 1404, et Isabeau de Bavière, qui avait repris un ascendant légitime sur le cœur du roi, grâce à sa conduite régulière et calme, fit oublier à tout le monde les débordements de sa jeunesse.

Alors mourut le duc de Bourgogne, à Hall en Flandre, laisant à Jean sans Peur un héritage souverain, plus puissant qu'une monarchie, du duché de Bourgogne et du comté de Flandre.

La mort de Philippe le Hardi causa un grand vide en France et, on doit le dire, en Europe.

Il était en réalité, sur le continent, le seul et le dernier représentant d'une pléiade de héros, dont Jean le Bon et Édouard III, roi d'Angleterre, avaient été les grands noms chrétiens, dont Bajazet et Tamerlan furent les noms mahométans.

Philippe le Hardi était la personnification de la grande chevalerie. Il était l'âme du patriotisme français, et si ses prodigalités coûtèrent beaucoup à la France, son gouvernement, imbu du sentiment national, nous préserva de beaucoup de hontes, et son nom seul tint en échec les convoitises de l'Angleterre, de la Flandre toujours en révolte, de l'Allemagne famélique, de l'Italie exubérante.

Trois fois Philippe le Hardi menaça et fit trembler l'Angleterre. Il consentit à ne pas anéantir celle-ci quand Richard II demanda la paix et la main d'une fille des Valois. S'il avait été secondé comme on pouvait le faire, le duc de Bourgogne eût renouvelé, en Angleterre, les victoires de Guillaume le Conquérant et vengé l'Écluse, Crécy et Poitiers sous les murs ou dans l'intérieur de Londres. Quand il mourut, l'Angleterre respira, la France perdit sa plus vaillante épée, la couronne son soutien le plus noble.

Philippe, quoique chef de grandes provinces, mourut personnellement insolvable. Son épouse, Marguerite de Flandre, renonça à l'héritage conjugal pour ne pas en assumer les charges, et elle déposa sur le cercueil de son mari son trousseau de clefs, symbole de la renonciation totale à la succession.

Avec la mort de Philippe le Hardi finit la première période du règne de Charles VI, intitulée *le Début d'un règne.*

La deuxième partie à la prochaine livraison.

DEUXIÈME PARTIE

LES MALHEURS DE LA PATRIE

I

Après la mort et les solennelles funérailles de Philippe le Hardi, Jean sans Peur, comte de Nevers, le héros de Nicopolis et le prisonnier de Bajazet, relâché par rançon, devint, sous le titre de duc de Bourgogne, le second personnage du royaume.

Sa force et son prestige, sa jeunesse et son ambition le rendaient redoutable.

Le duc d'Orléans comprit à quel adversaire il lui faudrait tenir tête, et afin de neutraliser la puissance de Jean sans Peur, il résolut de prendre place au conseil du royaume sans y laisser entrer l'héritier de Philippe le Hardi.

Pour cela il lui fallait l'accord des ministres du roi, chose facile, le vote favorable des ducs d'Anjou et de Berri, qui ne demandaient pas mieux que de se venger sur le fils des humiliations que leur avait fait subir le père; enfin, l'approbation du roi, que la reine Isabelle se chargea d'emporter.

Isabeau de Bavière avait repris sur Charles VI tout son empire, et elle ne devait se servir de sa nouvelle influence que pour trahir plus sûrement, plus complétement son faible époux, aujourd'hui revenu à la santé.

Il n'y avait plus là, pour la contenir, la toute-puissante volonté de Philippe le Hardi, l'austère et altière Marguerite de Flandre, duchesse de Bourgogne, qui suivit à quelques mois de distance son époux dans le tombeau.

La reine était l'absolue maîtresse du roi, de la cour et de la politique.

Elle aimait toujours avec passion Louis d'Orléans.

Oubliant les humiliations que lui avait values la réconciliation du duc avec le roi, elle fit comprendre à son beau-frère qu'elle pourrait faire pencher la balance en faveur du duc d'Orléans, en ouvrant à celui-ci les portes du conseil et en écartant pour toujours le nouveau duc de Bourgogne.

Pour cela, elle voulait retrouver tout l'amour du duc d'Orléans.

Soit faiblesse des sens, soit ambition, le frère de Charles VI souscrivit à cet odieux marché, et il fut convenu que Valentine de Milan et sa jeune famille iraient à Blois, pour éviter le bruit de désordres possibles et dont les deux coupables firent, chacun de leur côté, entrevoir la perspective imaginaire.

Valentine, aveuglée par son amour pour son époux, se laissa facilement convaincre.

Elle partit.

Isabeau avait triomphé. Louis était complétement à elle. Les deux amants ne furent jamais plus libres ni plus heureux.

Il va sans dire que le duc de Bourgogne avait été écarté, non du conseil, mais de la place prépondérante qu'il voulait y prendre, en qualité d'héritier de Philippe le Hardi et comme premier pair de France.

Cette place prépondérante à la droite du roi et, en l'absence de celui-ci, au siége du roi, fut dévolue par ordonnance royale au duc d'Orléans.

Il y eut alors haine à mort entre les deux familles.

II

Jean sans Peur ne se gêna nullement pour faire savoir à ses familiers, et par ceux-ci à l'opinion de la ville entière, que Louis d'Orléans et Isabeau de Bavière reprenaient le genre de vie qui avait fait tant de scandale au commencement du règne de Charles VI, et que le départ de la duchesse d'Orléans n'avait été si bien combiné que pour favoriser les relations coupables du duc et de la reine.

Mais plus experts, plus rusés, plus profondément vicieux, Louis et Isabelle ne donnaient point prise en public ou devant témoins, comme jadis, à leurs relations amoureuses. La reine affectait plus que jamais de se faire, non-seulement l'épouse, mais la compagne assidue, le conseiller intime du roi.

Et celui-ci, dont, par une infernale machination, on encourageait les secrets instincts, s'abandonnait volontiers, avec Odette et d'autres jeunes demoiselles de la cour, attirées exprès, à tous les plaisirs du jeu et de l'amour. Aussi, les représentations des moines, des confesseurs, du public, du duc de Bourgogne, furent-elles sans écho, ou tout au moins sans effet sur l'esprit du roi. Celui-ci ne voulut voir en Isabelle qu'une tendre épouse aux yeux de laquelle il était, lui, plutôt coupable...

Ces scandales produits en haut descendirent dans les mœurs, et jamais époque ne fut plus licencieuse. A la ville, à la cour, dans toutes les sociétés, il y eut un débordement de tous les vices et une décadence des caractères dont la France devait tant souffrir avant peu.

Les luttes entre le duc d'Orléans et le duc de Bourgogne continuaient sourdement, et chacun des deux personnages recrutait des affidés, en vue du combat final qu'il faudrait soutenir un jour ; car la haine théorique n'existait pas à ces époques, où tant de moyens de combat et la certitude de l'impunité s'offraient à deux ennemis acharnés et puissants, sans cesse en présence.

Mais, plus impatient, le duc de Bourgogne devait hâter le dénoûment de cette situation extrêmement tendue.

III

Un soir que le duc d'Orléans, qui avait été porter, comme dit la chronique, « ses baisers » à Isabeau de Bavière, et au moment où tournant, à cheval, précédé de varlets portant des torches, il fut enveloppé par une bande d'assassins qui guettaient son passage.

Les conjurés se jettent à la bride du cheval, prennent le duc par les jambes, le précipitèrent à terre et le poignardent d'une façon hideuse.

Ce crime fut immédiatement connu de tout Paris, quoiqu'il fût nuit, et les bourgeois et le peuple arrivèrent avec des torches aux environs du lieu de l'assassinat, d'où les archers du Châtelet eurent une peine infinie, à travers la foule de plus en plus compacte, de retirer le cadavre.

Louis d'Orléans, assassiné, fut porté en brancard jusqu'à son hôtel de Soissons (palais d'Orléans), près des Halles (1407).

Cette mort horrible, l'âge de la victime, — le duc d'Orléans n'avait pas encore trente-sept ans, — excitèrent au plus haut degré la pitié de ce même peuple qui, la veille encore, fredonnait des chansons contre lui et contre la reine Isabeau.

La clameur publique, dès cette nuit-là et le lendemain, désigna, sans hésiter, l'assassin véritable du duc d'Orléans : c'était Jean sans Peur.

Celui-ci, effrayé des conséquences de ce meurtre, alors surtout que le peuple n'applaudissait pas à son forfait, résolut de payer de sang-froid et d'audace.

Il se rendit au palais de Charles VI, où la foule des princes et des gentilshommes s'était réunie pour se mettre à la disposition du roi, rendu non pas fou cette fois, mais furieux en apprenant cet attentat.

La vue du duc de Bourgogne imposa à tous un silence profond, mais c'était le silence de l'accusation froide, implacable, et chacun s'éloigna, laissant isolé ce jeune et grand personnage qui venait tout d'un coup de souiller sa cause et son nom du crime de fratricide, car il avait tué son cousin germain.

Jean sans Peur, pâlit. Il fut effrayé. Cependant il tint bon, en attendant le roi, qui devait arriver dans la grande salle des seigneurs.

Les trois oncles de Charles VI, les ducs d'Anjou, de Berri et de Bourbon, délibéraient avec le jeune monarque.

Ces puissants personnages essayaient de calmer le roi et de détourner de la tête du duc de Bourgogne le soupçon d'assassinat que la reine Isabeau de Bavière, dans sa première et folle idée de vengeance, avait crié au roi...

Le duc de Bourgogne voulut insister pour forcer l'entrée du conseil privé du roi, mais les officiers de garde à cette porte résistèrent, et une minute après, un huissier de la chambre royale vint signifier à haute voix à Jean sans Peur que le roi ne pouvait pas le recevoir aujourd'hui à son conseil.

Le duc de Bourgogne se retira, mais en disant à haute voix, et d'une façon qui ne prouvait pas son entière assurance « que ceux qui l'accusaient aujourd'hui lui rendraient raison. »

En ce moment, il se trouva barré par le prévôt des marchands et le procureur général du Châtelet, qui arrivaient pour demander au Conseil du royaume l'autorisation de faire une perquisition dans l'hôtel de chacun des princes ; ils se portaient forts de trouver l'assassin et le fil de la conspiration.....

On les introduisit.

Mais Jean sans Peur avait tout compris. Il partit, et deux heures après il avait quitté Paris.

IV

Le duc de Bourgogne avait fui de la capitale et il ne s'était arrêté, après des traites rapides et de courtes étapes, que dans ses propres pays d'Artois.

Il s'occupa d'aller organiser la résistance, et, au besoin, des moyens d'attaque pour braver la justice du roi et les accusations du parti orléaniste.

En ce moment, il avait contre lui la reine, les princes, le Parlement, le peuple et enfin le roi.

Le roi l'inquiétait peu.

Hélas ! Charles VI n'avait que de rares intervalles de bon sens, et quand la santé lui revenait, mille piéges étaient tendus à ses sens, pour que, par l'affaiblissement de ceux-ci, toute force de caractère disparût promptement, toute virile résolution s'éteignît.

Le roi pouvait donc avoir un moment d'énergie, mais il n'avait pas la force, la volonté suffisantes pour maintenir cette énergie et pour faire sanctionner ses ordres. De plus, le duc de Bourgogne déclara publiquement qu'il avait voulu venger l'honneur du roi et de son sang.

Charles VI n'était plus, dès lors, un obstacle pour Jean sans Peur. Fou, pensait-il, il était incapable; en bonne santé, il ne pouvait que savoir gré au duc de Bourgogne de son audacieux attentat.

Le peuple était accablé d'impôts; soutenir sa cause, en un moment de détresse financière, c'était faire de la bonne politique, et ce parti, Jean sans Peur résolut de l'embrasser sans retard et sans faiblesse. Il se déclara le protecteur du peuple contre les exactions de la cour, des princes et du Parlement.

Le peuple, dès lors, ne devenait plus un obstacle; au contraire, il pouvait être un instrument précieux et immense entre les mains du hardi Bourguignon.

Restait le Parlement; celui-ci ne l'effrayait (si crainte il pouvait y avoir désormais pour le duc de Bourgogne) qu'autant qu'il serait vaincu, car le Parlement n'était jamais, — aux yeux de Jean Sans Peur, — que le très humble serviteur de la force debout. Or, Jean pouvait-il être vaincu, avec sa propre puissance et avec la complicité et le concours du peuple de Pairs et des bonnes villes de France?

Le Parlement ne comptait donc pas pour l'assassin du duc d'Orléans.

Les princes, les ducs d'Anjou, de Berri et de Bourbon, étaient sans action et sans autorité: tyrans de la nation par leurs procédés, leur cupidité, leurs rapines. Le duc d'Anjou, prétendant au trône de Naples; le duc de Berri, peu courageux et ami du pouvoir le plus fort; le duc de Bourbon, sans initiative, tels étaient les principaux membres du Conseil qu'un coup de succès pouvait tourner du côté de Jean sans Peur, et celui-ci se proposa résolûment d'amener ce coup de bonne fortune et de mettre dans son parti les princes de sa famille. Avec de l'or, d'ailleurs, il se flattait d'acheter la complaisante indulgence des ducs d'Anjou et de Berri.

Restait enfin la reine. Celle-ci était l'ennemie, oui, l'ennemie vraie, l'amante jalouse, déçue, troublée dans ses amours, atteinte au cœur par le même fer qui avait précipité dans la mort le duc d'Orléans. Jean sans Peur ne se dissimulait nullement que cet obstacle était pour lui le seul important, le seul infranchissable, et que la reine serait contre lui la voix accusatrice et vengeresse.

Comment éteindre cette voix?

accuser à son tour et publiquement la reine.

On savait tout, et on en avait tant dit sur Isabeau, que les mêmes accusations passaient maintenant pour de la calomnie, tant on était habitué à entendre parler de la scandaleuse conduite de l'Allemande. Répéter encore les mêmes faits, c'était agacer le public; et quand le public est agacé à propos des mêmes noms, il ne flétrit plus ceux-ci, il se fâche contre les perpétuels déclamateurs.

V

En effet, Isabeau n'était pas femme à s'inquiéter en ce moment des propos bruyants prononcés contre elle.

Elle voulait se venger, se venger complétement, et elle résolut d'associer à sa rancune la veuve de l'infortuné duc d'Orléans.

Elle avait envoyé prévenir Valentine de Milan, en son château de Blois, du malheur survenu dans sa famille. Elle fit prévenir sa belle-sœur qu'il lui fallait arriver au plus tôt à Paris pour demander vengeance au roi, aux pairs du royaume et au Parlement.

Valentine, foudroyée par la terrible nouvelle, fut tellement malade pendant vingt jours, que dans son entourage on craignit pour sa vie.

Puis, une fois remise de tant de secousses et de souffrances, la veuve du duc d'Orléans arriva à Paris avec une nombreuse et solennelle escorte, pour se jeter, en habits de veuve éplorée, aux pieds du roi, qui depuis longtemps sommait en vain Jean sans Peur de comparaître devant la justice des pairs de France.

Charles VI ne put pour le moment que s'associer à la douleur de Valentine. Il promit de se montrer soucieux de l'honneur du sang et du respect dû aux lois. Deux fois de suite la scène de la veuve se jetant aux pieds du roi fut renouvelée, et Charles VI arguant de son impuissance, promit de punir l'assassin une fois que celui-ci serait au pouvoir des archers de la couronne.

Mais, nous l'avons dit, Jean sans Peur se fortifiait et organisait la résistance.

En ce moment, il déclarait à ses propres sujets de Flandre et de Bourgogne que, pour le bien de la France et pour l'honneur du sang royal, il avait fait justice d'un homme perdu de mœurs, et qui n'avait pas craint, ajoutait-il encore, d'adresser ses hommages les plus compromettants à la femme de Jean sans Peur, à Marguerite de Hainaut...

Les chevaliers et vassaux du duc jurèrent à celui-ci d'embrasser et de défendre sa cause. Jean sans Peur était donc passé à l'état de rebelle redoutable et devant son attitude, Charles VI ne pouvait plus rien, car en marchant contre l'assassin, il risquait non-seulement de provoquer une affreuse guerre civile avec des forces infiniment moindres que celles dont disposait le traître, mais d'appeler encore une fois l'Anglais sur le sol de la France, car nos éternels ennemis n'attendaient qu'une occasion favorable pour recommencer une nouvelle et formidable invasion, sous le commandement de leur nouveau roi, le duc de Lancastre, devenu souverain de l'Angleterre sous le nom de Henri IV.

Voyant qu'elle était peu écoutée, la duchesse d'Orléans se retira de nouveau à Blois et elle résolut de s'y fortifier, d'appeller à son aide les seigneurs français désireux de venger un grand crime qui outrageait la chevalerie et la royauté.

Au nombre des grands vassaux qui répondirent à l'appel de Valentine se trouvait le comte Bernard d'Armagnac, qui entraîna avec lui une foule de gentilshommes dont la bannière du défunt devint la bannière de combat.

Les orléanistes furent ainsi communément appelés les Armagnacs; les partisans de Jean sans Peur furent les Bourguignons.

La France se trouvait donc à la merci de deux nouvelles et formidables factions qui allaient avant peu souiller les rues des grandes villes, et surtout de Paris, du sang généreux des défenseurs de deux causes bien peu nobles, car la vie de Louis d'Orléans ne méritait pas les gigantesques efforts qu'on faisait pour la venger, et l'acte criminel de Jean sans Peur, ne valait pas les sacrifices que son attentat allait susciter pour arriver, non à une réhabilitation impossible, mais à une puissance que le duc de Bourgogne voulait précisément fonder sur l'assassinat de la rue Barbette.

. . . Et celle-ci s'inclinant lui dit : — Monseigneur, il faut combattre !

VI

Pour soutenir la guerre contre les rebelles, les régents de France levèrent de nouveaux impôts, et Jean sans Peur envoya aussitôt par des émissaires une proclamation aux Parisiens, dans le but de faire arrêter la perception des taxes.

Il déclara, par son message, colporté de groupe en groupe par ses partisans secrets, que le roi et les régents n'avaient nullement besoin de subsides pour soutenir une guerre contre lui, duc de Bourgogne.

Il disait que sa présence gênait la reine, inconsolable de la mort de son amant, et les princes avides d'or. La guerre n'était pour ces derniers qu'un prétexte, afin de pressurer davantage le pauvre peuple.

Jean sans Peur insinuait enfin que si Paris le laissait entrer en paix et en ami dans ses murs, il se chargeait, lui, fils de Philippe le Hardi, de mettre les tyrans à la raison et de faire respecter la fortune et les intérêts des citoyens.

Il jurait enfin que, une fois à Paris et maître du gouvernement, il abolirait les taxes extraordinaires.

Ce manifeste eut un effet considérable. Le peuple de Paris, mécontent, demanda à grands cris le rappel et l'amnistie du duc de Bourgogne.

Celui-ci était prêt en Flandre, avec une armée qu'il fit marcher à petites étapes sur Paris.

A la cour on s'émut. Le Parlement rendit un arrêt qui condamnait Jean sans Peur, mais l'assassin du duc d'Orléans n'en était nullement affecté, et il avançait toujours.

La reine, affolée, quitta la capitale, et le roi, que tant de déchirements replongeaient dans son état de folie, sembla ne plus appartenir à ce monde.

D'ailleurs, Valentine de Milan n'était plus là, et la veuve de Louis d'Orléans tenait toujours levé l'étendard de la résistance, derrière les murs de Blois, en cas d'attaque de la part des Bourguignons victorieux.

Dans ce désarroi de la situation, Charles VI retomba dans l'aliénation mentale la plus complète, et le peuple de Paris se souleva contre les princes, contre l'administration fiscale et le Parlement.

Il arbora enfin les couleurs du duc de Bourgogne, et Jean sans Peur parut avec son armée sur les rives de la Seine.

VII

Le prince rebelle fit une entrée triomphale dans Paris, que personne n'osait plus lui disputer en ce moment.

Il fut le dictateur du royaume. Il se déclara le lieutenant général du roi et le protecteur du peuple. Il exila les ministres et les conseillers de la couronne qui lui avaient été hostiles et maintint l'interdiction de séjourner dans Paris contre la reine Isabeau de Bavière.

Il supprima les impôts, et le peuple proclama Jean sans Peur son défenseur et chevalier.

Malheureusement pour ce dernier, la révolte éclatait contre lui en Flandre, et quelque regret qu'il en eût, il se vit forcé de partir précipitamment pour le Nord, afin de mettre à la raison les Gantois et les Liégeois.

Le départ de Jean sans Peur devint le signal d'une réaction, et Isabeau de Bavière rentra dans Paris, prête à tout mettre à feu et à sang pour recouvrer la puissance et le prestige.

Elle était accompagnée d'un jeune page qui allait devenir son écuyer, et celui-ci s'installait déjà dans le palais du roi, révélant à autrui les visées coupables et ambitieuses d'un favori de la reine.

Jean sans Peur revint à Paris, et il chassa de nouveau la reine et son parti.

C'était une anarchie affreuse.

Isabeau s'abandonna alors, au château de Vincennes, aux amours de son écuyer, nommé Bois-Bourdon, avec lequel elle vécut d'une façon scandaleuse, oubliant le nom et le parti d'Orléans, le nom et l'honneur du roi infortuné.

VIII

Bois-Bourdon était un jeune et beau gentilhomme que la reine avait distingué parmi ses pages et qu'elle avait élevé jusqu'à son amour.

L'amant n'était pas moins passionné que la reine Isabeau.

Il se fit le chevalier servant de l'épouse dénaturée, et en toutes circonstances et en tous lieux il était à côté de la reine ; au château de Vincennes il partageait la couche royale, et sa liaison avec Isabeau devint un scandale public pour ceux qui servaient encore la femme du roi de France.

Quelques seigneurs restés fidèles à Isabeau quittèrent alors sa cour, souillée par de vulgaires amours. La reine s'en émut médiocrement et elle ne se livra qu'avec plus d'abandon à son écuyer favori. Charles VI, trop malade à Paris, absolument inconscient d'ailleurs, ne pouvait pas être prévenu de ce qui se passait à la résidence de Vincennes.

Jean sans Peur était cependant le maître de Paris. Les princes, ses oncles, ne lui disputèrent plus le pouvoir. Leur apathie, leur coupable insouciance des intérêts de l'État les firent se désintéresser de la chose publique au point de laisser dans son isolement et sa folie le pauvre Charles VI, qui n'avait plus autour de lui que des empiriques et de temps à autre le duc de Bourgogne, qui pourvoyait aux besoins de la maison du roi.

Par le seul fait de l'acquiescement tacite des princes au gouvernement du duc de Bourgogne, il y avait une sorte de paix publique. La reine ne semblait plus s'occuper du gouvernement, livrée qu'elle était à tous les débordements des sens avec le chevalier de Bois-Bourdon, et le parti orléaniste s'affaiblissait à cette heure par la mort même de la duchesse Valentine.

IX

La fille de Visconti, ne pouvant plus résister à tant d'épreuves, succombait en effet au château de Blois.

Indifférente au présent, elle avait pris pour devise :

Rien ne m'est plus,
Plus ne m'est rien !

Malade, mais ne pouvant pardonner aux assassins de son mari, elle exhortait ses enfants, réunis autour de son lit, à venger la mort de leur père.

Le bâtard d'Orléans, fils de Louis, qu'elle avait élevé et instruit comme ses propres enfants, lui paraissait être le seul capable de venger l'honneur du père et l'honneur de la patrie.

« Tu seras un combattant de causes bien grandes ! » lui disait-elle en l'embrassant.

Elle mourut à la fin de décembre 1408.

Cette perte désorganisa pour quelque temps le parti des grands seigneurs qui, sous la direction du comte d'Armagnac, s'étaient réunis à Blois autour de la duchesse d'Orléans.

Le pouvoir de Jean sans Peur et la tranquillité de la reine Isabeau ne s'en affermirent que davantage.

Mais la noblesse française, plus indignée que jamais, reprit les armes pour faire respecter l'honneur de la couronne.

Bernard d'Armagnac accourt de nouveau, et cette fois une armée se présente devant Paris et offre le combat à Jean sans Peur.

Le duc de Bourgogne, débordé, cède la place et s'enfuit. Les Armagnacs sont maîtres de Paris et y commettent, sous prétexte d'ordre et de discipline, des excès sans nombre.

Non content d'avoir saisi le pouvoir dans la capitale, le comte d'Armagnac voulut régner sur la France, et pour cela il ambitionnait le titre de connétable.

Il le prit plus tard, se fit nommer lieutenant général par le roi incapable et reconnaître par la noblesse, avide de retrouver une direction et un chef.

Bernard troubla la sécurité des plaisirs de la reine, en révélant au roi l'adultère d'Isabeau et de Bois-Bourdon.

Celui-ci fut saisi dans l'alcôve d'Isabeau par les ordres du duc Gascon, enfermé dans un sac de cuir et précipité dans la Seine. Sur le sac était fixé ce parchemin :

Laissez passer la justice du roi !

La reine, humiliée, fut reléguée dans un couvent à Tours.

Telle était la situation, et le roi revenait à une meilleure santé pour constater l'horreur des choses, lorsque l'Anglais déclara de nouveau une guerre d'extermination à la France.

X

A cette déclaration imprévue de l'éternel ennemi, qui voulait profiter de tant de calamités intérieures pour ressaisir les possessions que l'épée de Duguesclin et de Philippe le Hardi avait enlevées aux Anglais, le roi de France recouvra pour ainsi dire la raison.

Le patriotisme était ardent dans son âme, et il était résolu à combattre avec son fils le Dauphin, qui, oubliant ses propres plaisirs, demanda une épée et des soldats pour courir à l'Anglais.

Le jeune fils de Charles VI et d'Isabeau faisait déjà la cour à une dame qui avait été camérière de Valentine de Milan, et celle-ci, s'inclinant, lui dit : Monseigneur, il faut maintenant, après l'amour, vous battre en chevalier.

Plus tard, ce même Dauphin devait entendre un pareil langage de la bouche de la célèbre Agnès Sorel.

Henri V, roi d'Angleterre, fils de Henri de Lancastre, assassin de Richard II, venait de monter sur le trône (1413).

Après avoir étouffé chez lui quelques insurrections partielles, il rassembla une armée de cinquante mille hommes, et réclama au roi et au Dauphin de France l'héritage de ses pères.

Le 28 juillet 1415, Henri V envoya un hérault d'armes à Paris, chargé d'une lettre qui était un véritable ultimatum, et il menaçait, en cas de refus, de couvrir la France *d'un déluge de sang humain.*

Cette lettre fut remise à Charles VI, qui, dans ce moment, avait retrouvé un peu de sa lucidité d'esprit.

Il répondit par un billet de quelques lignes écrit en français et conçu en ces termes :

« Le Conseil de France a tenté toutes les voies pour éviter la guerre ; au reste, vos menaces ne m'épouvantent pas, et, si le ciel daigne m'accorder quelque temps la santé, l'on me trouvera prêt à vous chasser de France si vous osez y descendre. »

Nous allons donc raconter cette mémorable guerre, qui fut si fatale à la France, puisqu'elle devait aboutir à la bataille d'Azincourt.

XI

Le monarque anglais mit à la voile le 19 août 1415, dans le port de Southampton, avec une flotte de seize cents voiles, ayant à bord cinquante mille hommes de troupes.

Cette flotte arriva à l'embouchure de la Seine le mardi 23 août, et le débarquement eut lieu le lendemain à l'endroit occupé aujourd'hui par la ville du Havre.

La trahison de quelques seigneurs des côtes normandes avait ouvert à l'ennemi les portes de la France.

Henri V, n'ayant rencontré aucun obstacle, se porta vers Harfleur, dont il forma le siége aussitôt.

En apprenant cette nouvelle, la France s'était réveillée plus énergique encore qu'auparavant, mais tous les chefs semblaient frappés d'inertie comme le malheureux Charles VI, et personne, dans son conseil, ne chercha à seconder l'élan de la nation.

Un seul homme dévoué et fidèle à la cause de la patrie, le maréchal de Boucicaut, se porta sur les côtes de l'Océan avec un corps de six mille hommes, pour s'opposer au débarquement de l'invasion anglaise ; mais il fut arrêté dans ses dispositions patriotiques par le connétable Charles d'Albret, qu'on accusait (à tort, il est vrai) d'être vendu à l'Angleterre. Toutefois, il vint au secours des assiégés et inquiéta les assaillants dans leurs lignes.

Harfleur fut prise après cinq semaines de siége; Boucicaut y bloqua les Anglais à son tour et fit éprouver des pertes sensibles aux détachements qui sortaient pour aller chercher des vivres.

Le monarque anglais, resserré dans la ville, se trouvait au moment d'y mourir de faim avec ses troupes, car la moitié de sa flotte était repartie pour l'Angleterre et la tempête avait détruit l'autre moitié. Il était perdu sans ressources si le connétable d'Albret était venu réunir ses vingt mille hommes aux six-mille soldats de Boucicaut.

XII

Cependant le roi d'Angleterre sortit d'Harfleur avec vingt-six mille hommes. C'était la moitié de son armée, dont la plus grande partie avait péri par les maladies.

Il prit par la chaussée de Dieppe et se dirigea vers Fauville, longeant la Seine par sa droite et la mer par sa gauche. Le maréchal, profitant de ce mouvement, l'attaqua par le flanc droit pour l'acculer à la mer. Son attaque fut si vive que Henri V se vit obligé d'abandonner le chemin qu'il suivait et de se jeter sur Fécamp.

La marche de l'armée anglaise devint alors lente et difficile. L'intrépide Boucicaut, qui la harcelait sans cesse, l'attaqua à Arques, où il lui tua deux mille hommes, et sous les murs de la ville d'Eu, où il lui fit éprouver un échec plus grand encore.

C'en était fait des soldats de Henri V, si le maréchal eût reçu des renforts; mais sa petite troupe diminuait sans cesse, et ceux qui tombaient n'étaient pas remplacés.

Le roi d'Angleterre put respirer un peu et gagner les bords de la Somme.

Après des obstacles inouïs et les dangers de toutes sortes auxquels il n'échappa que par l'imprévoyance des conseillers de Charles VI, l'envahisseur put traverser la Somme, et de là il se dirigeait vers Calais, non point en vainqueur, mais en fugitif, lorsqu'il rencontra les Français à Azincourt.

Le connétable d'Albret et le maréchal de Boucicaut, qui commandaient enfin une armée de soixante mille hommes, qu'on était parvenu à réunir avec bien des peines, manœuvraient pour lui couper la retraite.

Henry V, qui avait beaucoup du caractère, du courage et de la résolution d'Édouard III, voyant qu'il ne pouvait arriver à Calais qu'en passant sur le corps des Français, prit la détermination de tenter le sort des armes dans une bataille. Il choisit une excellente position. C'était un plateau couvert d'arbres très-élevés, au milieu duquel se trouvait le petit village de Maisoncelles. Le côté droit était bordé par le bois de Tramecourt, entouré de fortes haies; celui de gauche par la forêt d'Azincourt; le côté faisant face à Maisoncelles touchait au bois de Ruisseauville.

Cet emplacement comprenait une lieue de long sur sept à huit cents pas de large.

XIII

Les Français arrivèrent bientôt en présence de l'armée de Henri V. Le maréchal de Boucicaut, après avoir reconnu la position, conseilla aux Français de ne point essayer de forcer l'ennemi dans un lieu si inexpugnable.

Il ajouta qu'il valait mieux aller l'attendre à une lieue en arrière, à Fruges, où il était obligé de passer, et de l'écraser au passage. Cet avis ne fut point écouté; car il y avait dans l'armée douze princes du sang dont la présence empêchait l'unité de commandement, et qui, oubliant qu'ils n'étaient qu'à quelques lieues de Crécy, voulurent combattre sans rien entendre et entraînèrent la majorité du conseil.

L'armée fut alors divisée en trois corps, formant ensemble quarante mille hommes, mais disposés de manière à ne pouvoir être engagés que séparément, à cause de la difficulté du terrain.

Henri V, qui s'attendait à être attaqué, apprit à ses soldats le danger qui les menaçait et leur dit qu'il n'y avait d'autre salut pour eux que dans la victoire.

En même temps, il fit tous les préparatifs de défense imaginables. Comme presque toute sa cavalerie avait été détruite dans la retraite qu'il venait d'exécuter, il ordonna qu'on exerçât ses archers à la manœuvre du piquet, en usage chez les Turcs.

A cet effet, il fit confectionner une grande quantité de bâtons longs de cinq pieds et armés d'un gros clou à chaque bout.

Tanneguy-Duchâtel l'emporta hors de Paris

Au moment de faire leur décharge, les archers inclinaient ces piquets en dehors et formaient comme une ligne de chevaux de frise qui les mettaient à l'abri des attaques de la cavalerie. C'est la manœuvre de la baïonnette dans les carrés d'infanterie.

En peu de temps, les soldats anglais parvinrent à exécuter cette manœuvre avec beaucoup de précision.

Le camp de Henri V présentait l'ordre le plus parfait. Il avait défendu, sous des peines sévères, d'allumer des feux et avait prescrit un silence absolu.

Le camp français, comme de coutume, était plein de désordre et de confusion.

Au point du jour, le 25 octobre 1415, Henri, pensant qu'il allait combattre, disposa les seize mille hommes qui lui restaient de son armée en une seule ligne de bataille, formée en masse sur un développement de mille hommes de front. Il se plaça lui-même au centre, derrière les archers; au-dessus de sa tête flottait le grand étendard d'Angleterre, rouge et bleu, écartelé de fleurs-de-lis de France.

Le duc d'York commandait la droite, lord Camoys, la gauche. Ayant ainsi disposé son armée en bataille, le roi d'Angleterre attendit; mais les Français, sur les instances de Boucicaut, avaient changé d'avis au moment du combat.

Les jeunes princes et les hauts barons avaient consenti à ne point attaquer les lignes anglaises et à se borner à fermer aux ennemis toutes leurs issues. En conséquence, ils rompirent leurs rangs et établirent leurs bivouacs.

XIV

Le roi d'Angleterre, voyant les heures s'écouler, fit faire une reconnaissance générale. D'après les rapports qu'on lui adressa, il comprit que, contrairement à leurs habitudes, les Français voulaient le laisser se consumer dans son camp.

Cette idée le fit frémir, car depuis vingt-quatre heures son armée souffrait de la faim.

Il conçut alors le hardi projet de s'ouvrir un passage à travers les lignes de nos soldats. Il parcourut les rangs des siens, leur fit part de sa résolution, et donna l'ordre de se porter en avant.

L'armée anglaise gravit en silence la hauteur qui la séparait des Français et s'avança en bon ordre.

A ce mouvement imprévu, le cri : *Aux armes!* retentit de toutes parts dans le camp des nôtres, et chacun vint prendre le rang de bataille qui lui était assigné quelques heures auparavant.

Deux corps de cavalerie destinés à protéger les ailes de l'armée française s'avancèrent en colonnes, en rasant la lisière des deux bois d'Azincourt et de Tramecourt.

A leur approche, les archers anglais, posant leurs chevaux de frise, commencèrent une décharge terrible de leurs traits sûrement dirigés. Plusieurs

Français furent mis hors de combat; notre cavalerie, qui continuait d'avancer, se trouva malheureusement arrêtée par les terres nouvellement ensemencées et tout imbibées d'eau, dans lesquelles les chevaux s'enfonçaient jusqu'à la sangle; en sorte que, sur quatre mille hommes qui composaient la colonne d'attaque, neuf cents seulement purent fournir la charge, encore le firent-ils si malheureusement, que presque tous vinrent s'enferrer dans les piquets des archers.

Les deux chefs qui commandaient cette cavalerie, Cliquet de Brabant et le comte de Vendôme, furent le premier tué et le second fait prisonnier.

Le connétable Charles d'Albret, fils d'Amand d'Albret, dont nous avons parlé dans le précédent volume (1), s'avança à son tour avec l'infanterie et fit reculer l'armée anglaise.

Mais les archers qu'on venait d'embusquer dans le bois de Tramecourt, en tirant obliquement sur le dos de l'aile gauche, mirent la confusion dans le corps d'attaque.

Henri V, profitant de ce moment d'indécision, se porta en avant avec toute son armée et attaqua directement la grosse colonne du connétable. La lutte devint générale.

Les Français, assaillis sur le front et sur le flanc, soutinrent pendant près d'une heure, et sans être secourus, tous les efforts de l'armée anglaise. Le connétable et le duc de Brabant furent tués; le maréchal de Boucicat fut blessé grièvement et tomba enseveli sous des monceaux de cadavres.

Il se passa alors ce qui s'était passé à Rosbecq : nos soldats furent cernés de toutes parts et reçurent la mort sans pouvoir se servir de leurs armes.

Après ce triomphe, Henri V s'avança au delà de ce premier champ de bataille, tout couvert de cadavres d'hommes et de chevaux, et se forma de nouveau en ligne dans le même ordre, et il attendit de pied ferme le duc d'Alençon, qui, à trois cents pas plus loin, ralliait les débris de la division du connétable.

Ainsi que nous l'avons dit, la position ne permettait de se déployer ni à droite ni à gauche, ce qui fit que le prince ne put porter secours au connétable et qu'il resta immobile pendant l'action.

Le duc s'avança résolûment au-devant des ennemis, enseignes déployées et les rangs serrés. Il avait autour de lui dix-huit chevaliers qui avaient fait serment de tuer le roi d'Angleterre.

---

(1) Voir les *Grands jours d la Revanche*. Un magnifique volume illustré et broché. 2 fr. 50, chez M. Claverie, 8, rue du C oissant Paris, et chez tous libraires des départements.

XV

Les deux armées se joignirent de nouveau à la hauteur du château d'Azincourt. Le choc des Français fut terrible. Les archers, taillés en pièces, se jetèrent en désordre dans le bois qui bordait le défilé, après avoir perdu plus de trois cents hommes tués. Il fallut certes la présence du roi, pour que le reste de l'armée anglaise ne fût pas également mis en déroute.

La mêlée dura près de deux heures, sans alternative de succès ou de revers. Henri V y courut les plus grands dangers et échappa, presque miraculeusement, aux coups que lui portaient les chevaliers qui avaient fait serment de l'immoler et qui tous se firent tuer.

Cependant les Anglais, désespérés de se voir arracher une victoire qu'ils croyaient certaine, firent un dernier effort sur la droite de l'armée du duc d'Alençon et parvinrent à la tourner.

Celui-ci, qui avait le génie de la guerre, voulut faire rétrograder sa gauche, mais ses soldats n'étaient pas assez exercés. Pour comble de fatalité, quatre mille soudoyers, qui formaient sa meilleure troupe, prirent lâchement la fuite.

Les archers anglais se rallièrent alors, et ils vinrent achever de jeter le désordre dans les rangs de notre armée, en attaquant en queue l'aile gauche. La ligne, rompue aux deux extrémités, céda également au centre.

Mais tout n'était pas terminé. Le duc d'Alençon s'arrêta non loin du champ de bataille et rallia de nouveau ses troupes, auxquelles se joignirent quatre mille hommes des milices.

Si ce prince se fût alors replié jusqu'au dernier corps de réserve, fort de quinze mille hommes et rangé en ligne à l'entrée de la plaine, c'eût été fait de l'armée anglaise.

Mais emporté par l'ardeur de son courage, il revint à la charge avec six mille hommes seulement.

Ce n'est plus un général qui dirige une bataille, ce n'est qu'un soldat qui cherche la mort.

Tout plie devant sa fougue, et il arrive jusqu'au centre de l'armée ennemie, où il voit flotter l'étendard d'Angleterre. Rien ne peut l'arrêter; déjà il aperçoit Henri V et le menace de la voix; il approche; le duc de Glocester se jette au-devant de lui, mais d'un coup de sabre le duc d'Alençon le renverse.

Le roi se baisse pour retenir son frère; le duc d'Alençon lui assène un coup si violent, qu'il brise la couronne qui surmontait son casque.

Au moment où il allait le tuer, il tombé lui-même frappé de tous côtés par les barons anglais.

Il s'écria alors:

Je suis le duc d'Alençon, sire, faites de moi ce qu'il vous plaira!

Mais il était mort en proférant ces derniers mots. Les six mille hommes qui suivirent le prince français se firent presque tous massacrer.

XVI

Il restait encore le corps de quinze mille hommes.

Le roi d'Angleterre n'osa pas engager une nouvelle action, et les Français qui étaient restés spectateurs immobiles du combat n'osèrent, à leur tour, se porter en avant. Henri V leur envoya un parlementaire pour les engager à se retirer, menaçant de ne faire quartier à personne si une quatrième affaire recommençait.

Pendant ces négociations, les fuyards répandirent la terreur dans l'armée anglaise, annonçant que vingt mille Français, ayant tourné la position, allaient attaquer en queue.

Henri reforma aussitôt son armée en bataille. Auparavant, il donna un ordre qui était monstrueux et qui suffirait seul à ternir sa mémoire et à lui ôter pour toujours, devant la postérité, la gloire de cette bataille : il ordonna de massacrer tous les prisonniers que l'armée anglaise avait faits. Le roi d'Angleterre craignait que ces prisonniers ne s'échappassent pendant l'action. Comme ces prisonniers étaient *tous* des nobles, les soldats anglais refusèrent d'exécuter cet ordre, dans la crainte de perdre leur rançon.

Cependant il se trouva deux cents bourreaux dans cette armée, qui tuèrent deux mille de ces malheureux à coups de dague et de maillet. Alors, l'arrivée d'un nouveau message apprit à Henri V que les fuyards avaient donné une fausse alerte. Il fit alors cesser le carnage. En même temps, on apprit que ce qui restait des milices françaises avait consenti à s'éloigner sans combattre.

La victoire appartenait encore aux Anglais !

Henri V, qui avait été décimé pendant sa marche et qui dix fois avait dû être battu et écrasé, était vainqueur par l'effet d'un de ces hasards si funestes à la France et qui nous avaient coûté déjà les journées de Crécy et de Poitiers ! Henri se livra aux transports immodérés de sa joie !

Les longs éclats de rire, — contraste injurieux et sacrilége, — se mêlèrent aux gémissements douloureux des milliers de blessés et de mourants couchés sur le champ de bataille.

Dans l'ivresse de son succès, le prince avait voulu voir les prisonniers et les compter. Presque tous étaient couverts de blessures. Apercevant Montjoie, héraut d'armes de France, il lui demanda avec ironie : *Dis-nous à qui est l'honneur de la victoire?*

Le chevalier garda un pénible silence.

— Quel est le château que j'aperçois au milieu des arbres ? ajouta Henri.

— Il se nomme Azincourt.

— Eh bien, dit le roi, cette journée s'appellera la bataille d'Azincourt.

Il ordonna en outre de faire le relevé des morts. On lui apprit que six princes français et six mille chevaliers étaient étendus sur le champ de bataille.

De ce nombre on en releva deux mille blessés gravement. On comptait parmi ces derniers le comte de Vendôme, le comte de Richemont et le maréchal de Boucicaut.

A la bataille d'Azincourt, les Anglais eurent trois mille deux cents blessés et seize cents tués.

Les fautes du commandement, chez les Français, nous valurent cet immense désastre, absolument comme sous Philippe VI, à Crécy, et sous Jean le Bon, à Poitiers.

XVII

La route était libre désormais pour le roi d'Angleterre. Il pouvait se retirer à Calais, mais avec quelle différence il gagnait maintenant cette ville ! Ce qui lui restait d'hommes ne lui permettait pas de poursuivre sa victoire jusqu'à Paris, mais il rentrait à Calais avec un trophée immense et un butin incalculable pour ses soldats.

Il consentit à signer une trêve avec la France, qui apprit les résultats de cette journée avec les sentiments de la plus profonde stupeur.

Charles VI retomba dans une folie plus grande que jamais.

Le fils aîné de la duchesse d'Orléans, Charles, était parmi les prisonniers de l'Angleterre, et seuls Jean sans Peur et le Dauphin représentaient quelque chose dans cette monarchie et ce royaume aux abois !

C'était une dangereuse et précaire ressource cependant.

Le Dauphin, duc de Guyenne, jeune homme de dix-neuf ans, se livrait à toutes les débauches inaugurées par les folies d'un pareil règne. Il était le gendre de Jean sans Peur, dont il avait épousé la fille aînée.

Les hommes sensés du royaume n'auguraient rien de bon d'un pareil héritier du trône, et que les plus effroyables malheurs de la patrie semblaient laisser indifférent.

La jeunesse de celui qui fut Charles VII effrayait à bon droit les témoins des désordres de cette cour maudite.

Quant à Jean sans Peur, il était maintenant en butte aux factions liguées contre lui.

Les Armagnacs relevaient la tête, et obtenaient du roi fou et de la reine Isabeau, plus folle encore dans sa débauche et dans ses instincts anti-français, des ordonnances de proscription contre le duc de Bourgogne et ses partisans.

La guerre civile, plus atroce que jamais, allait donc s'associer à la guerre étrangère, et le duc de Bourgogne jura de ne déposer les armes qu'il n'eût fait rendre raison à la faction des Orléans-Armagnacs.

En ce moment, d'ailleurs, la crise s'accentuait de cette circonstance que le Dauphin était au plus mal avec Jean sans Peur. Le gendre et le beau-père se vouaient haine à mort.

Et l'Anglais avait gagné la terrible bataille d'Azincourt! Et, faute de combattants, le vainqueur restait à Calais; sans cela, Henri V tombait déjà comme la foudre sur la capitale d'un royaume en apparence perdu.

XVIII

Jean sans Peur s'empare de Paris au moment où l'ennemi étranger menace de marcher sur la capitale.

Henri V d'Angleterre fit des propositions au duc de Bourgogne, propositions d'alliance et d'amitié, que celui-ci rejeta par patriotisme.

Si dans ce moment on eût désarmé (politiquement parlant), Jean sans Peur se fût trouvé seul responsable des destinées de la patrie, et la patrie eût été sauvée.

Mais les factions se montrèrent plus intraitables que jamais.

Le duc de Guyenne, dauphin de France, gendre du duc de Bourgogne, se montra le plus violent contre ce dernier.

Alors son prévôt de Guyenne, Tanneguy-du-Châtel l'emporta hors de Paris.

Jean sans Peur resta le maître.

Il n'y avait que le roi dans Paris; le Dauphin était réfugié dans le Velay ; la reine Isabeau était avec ses amants dans la Touraine, et le duc de Bourgogne avait non-seulement charge d'État, mais encore il devenait le tuteur d'un roi fou et incapable du moindre sentiment, car la reine de France n'avait pourvu à aucun des soins domestiques de la maison du roi, et il faut le répéter ici puisque c'est de l'histoire.

Charles VI n'avait pas de linge pour son lit et pour sa toilette !...

Les Armagnacs n'en continuaient pas moins leurs préparatifs pour enlever à Jean sans Peur le pouvoir qu'il avait usurpé.

Ils entrèrent dans Paris.

Alors eut lieu une épouvantable boucherie entre les Bourguignons et les Armagnacs.

Ces derniers restèrent momentanément les maîtres, et Jean sans Peur s'enfuit.

La reine ne voulant pas traiter avec le comte Bernard d'Armagnac, vainqueur des Bourguignons, entama des négociations avec Jean sans Peur, naguère son ennemi juré.

Le duc de Bourgogne consentit à ce rapprochement en haine du dauphin qui était soutenu par les Armagnacs.

La reine à son tour abborrait son propre fils, et c'est pourquoi elle cherchait à se rapprocher du duc de Bourgogne.

Conçoit-on une pareille anarchie? C'était pourtant l'état de la France.

...Et les brigands, à coups de poutre, enfonçaient la porte des habitations.

XIX

L'Anglais menaçait toujours, et Paris était l'objectif permanent de Henri V, le vainqueur d'Azincourt.

Mais tant que le duc de Bourgogne était là, sinon dans la capitale, du moins sur les champs avec son armée, l'ennemi n'osait s'aventurer jusqu'à Paris.

C'est que Jean sans Peur représentait la résistance nationale, et seul il arrêtait l'Anglais dans sa marche. Voilà pourquoi Henri V avait voulu gagner à tout prix le duc de Bourgogne.

Plus les partis exaspéraient celui-ci, plus le Dauphin se montrait ingrat envers son beau-père, et plus Jean sans Peur opposait de résistance aux offres corruptrices de l'envahisseur étranger.

Henri V ne fût pas, d'ailleurs, demeuré dix jours sur la terre de France si le duc de Bourgogne avait été écouté et obéi.

Le connétable d'Armagnac établit la terreur dans Paris.

La faction du duc de Bourgogne, soutenue par la reine Isabeau de Bavière, appela les ennemis des d'Armagnacs à Troyes, où l'on créa un Parlement royal, afin de remplacer celui que le comte Bernard avait décimé par la proscription dans la capitale.

Aux ordonnances de d'Armagnac on opposa les ordonnances du Parlement provincial.

Et l'Anglais avançait toujours.

Henri V mit le siége devant Rouen.

Déjà un grand nombre de villes avaient été emportées par l'envahisseur, et personne en France ne se levait pour opposer une digue au torrent de l'invasion.

La reine de France se donnait de plus en plus au plaisir, au désordre, se faisant suivre par ses pages, ses musiciens, ses amoureux.

A quarante-quatre ans elle était encore plus dissolue qu'elle ne l'avait été à l'âge de vingt-cinq ans.

Ses deux premiers fils, les dauphins Jean et Louis, étaient morts successivement ; son mari était fou incurable, la patrie était livrée au sang et au feu des guerres civiles et étrangères, rien n'affectait cette femme.

Au contraire.

Elle s'alliait avec Jean sans Peur, naguère son mortel ennemi.

Elle encourageait la mollesse et l'indolence des chevaliers français.

Ceux-ci, au lieu de se lever en masse contre l'Anglais, malgré le désastre d'Azincourt qui avait décimé la noblesse, se livraient à des actes de pillage de province à province.

Les bandes couraient à travers les campagnes et les brigands, à coups de poutres, enfonçaient les portes des habitations.

Il est d'ailleurs très-curieux de rappeler ici comment se passaient, à cette époque, ces actes de bandits.

Nous allons, pour cela, rappeler l'épisode du siége d'un château de campagne, en empruntant le récit d'Elie Berthet.

XX

Une troupe armée aulieu d'aller au secours de la Normandie, s'occupait à investir le château de Montbrun.

Et il y avait comme cela plus de cent bandes sur la surface du territoire. Si elles s'étaient réunies contre l'Anglais, malgré Isabeau de Bavière, la patrie eut été sauvée.

Le château de Montbrun était une de ces vieilles forteresses dont les ruines, encore imposantes, attestent seules aujourd'hui la puissance de certaines familles féodales, éteintes ou dispersées. Il s'élevait au centre d'une contrée montagneuse et couverte de bois.

Les abords en étaient difficiles; sa situation à l'extrémité de gorges et de défilés presque impraticables, eût permis à une poignée d'hommes résolus et familiers avec tous les accidents du terrain, d'y tenir tête à une armée entière.

Grâce à cette circonstance, autant qu'à la force du manoir, le seigneur châtelain avait pu conserver son indépendance depuis le commencement de la guerre; car les armées françaises ou les armées anglaises, qui tour à tour envahissaient l'Aquitaine, ne se souciaient pas de s'engager dans ce pays entrecoupé et dangereux, pour l'inutile satisfaction de réduire à l'obéissance un hobereau isolé, tel que le sire de Montbrun.

D'ailleurs, il n'avait pris sérieusement parti ni contre l'une ni contre l'autre des deux nations; et chacune d'elles lui eût volontiers pardonné ses exactions pourvu qu'il arborât au haut de son donjon l'étendard bleu aux fleurs de lis d'or ou l'étendard blanc aux trois léopards.

La forteresse était bâtie au centre d'une petite vallée entre deux montagnes. Ce désavantage serait irrémédiable pour un fort construit de nos jours, mais il était à peu près nul dans un siècle où l'usage des canons commençait seulement à se répandre.

L'une de ces montagnes, couverte de bruyères et de sapins, dominait les remparts, mais elle était hors de la portée des traits et des carreaux, qu'ils fussent lancés par une machine de guerre ou par la main d'un soldat.

Le manoir lui-même, fortifié d'après toutes les règles de l'art militaire à cette époque, formait un vaste quadrilatère flanqué aux quatre coins de tours élevées. Il était entouré d'un mur crénelé et de larges fossés auxquels un ruisseau sorti d'un petit lac voisin fournit, en toute saison, une eau limpide.

L'entrée principale faisait face au chemin tortueux et découvert qui s'enfonçait dans les bois. Elle était défendue par une tour plus haute et plus grosse que toutes les autres ; c'était le donjon ou tour du beffroi, au sommet duquel flottait la bannière armoriée du châtelain.

En face, à l'endroit même où s'abattait le pont-levis, s'élevait la barbacane ou corps de garde avancé, poste isolé, périlleux, toujours exposé le premier aux entreprises des assaillants ; aussi les murailles en étaient-elles épaisses, solides, garnies de meurtrières.

A l'entour de la barbacane étaient plantés d'énormes pieux appelés les *barrières* ; on peut voir, dans les historiens du temps, les exploits merveilleux qui se faisaient autour des palissades de ce genre pendant les siéges.

Du reste, l'architecture du château, bien qu'elle appartînt à diverses époques, était en général lourde et grossière ; la délicatesse, la légèreté particulières au genre gothique, étaient remplacées par la force et la solidité ; tout rappelait dans sa construction cette ère barbare où l'architecture grecque, importée par les Romains, avait disparu, et où l'architecture sarrasine n'existait pas encore.

L'ensemble des bâtiments était massif et cependant majestueux.

XXI

C'est ce château qu'une bande d'aventuriers du capitaine Bonne-Lance se proposait d'assiéger et de piller.

Aussi, le camp des brigands, établi dans un bois situé au pied des montagnes, à une certaine distance du château, était le théâtre d'une scène bruyante et animée.

Le lieu où nous transportons le lecteur était une vaste clairière, fortifiée par des abatis d'arbres et des palissades. La nuit était déjà avancée ; cependant on voyait à la lumière des deux ou trois feux qui jetaient leurs reflets jusqu'à la cime des vieux châtaigniers, une cinquantaine de tentes et de huttes en branchages disposées irrégulièrement autour de l'enceinte.

Une tente, plus élégante que les autres et surmontée d'une banderole, s'élevait au centre ; elle était destinée au chef du campement.

Dans l'espace laissé vide autour de ce pavillon, une foule d'hommes s'occupaient tumultueusement de divers travaux, tandis que, sous de simples abris de feuillage, plusieurs files de chevaux étaient attachés aux palis.

Les nobles animaux poussaient par intervalles de sourds hennissements en dressant la tête, comme s'ils eussent voulu reprocher à leurs maîtres cette agitation et ce fracas à l'heure consacrée d'ordinaire au repos.

Les maîtres eux-mêmes, quoiqu'ils parussent agir dans un but commun, différaient entre eux de mœurs et d'origine comme ils différaient de costumes.

Les uns avaient des *colobes* et des *tabards* (espèces de chemises sans manches et de manteaux courts), les autres des jaquettes d'archer ou des cottes de mailles appelées *brigandines,* d'où est venu le nom de brigands; d'autres enfin des armures complètes de fer et d'acier.

En revanche, les figures rébarbatives de ces gens présentaient presque toutes la même expression : celle du courage féroce, de l'insouciance brutale.

Ils étaient partagés en divers groupes et chacun avait ses occupations particulières. On en voyait qui taillaient à coups de hache de longues pièces de bois pour construire des échelles, ou des machines de guerre aujourd'hui inconnues. D'autres, retirant du brasier des masses de métal rouge forgeaient, sur une enclume portative, des fers de lance et de flèche.

Là, un archer habile changeait la corde de son arc, l'ancienne n'ayant plus la rondeur nécessaire à la justesse du tir; plus loin, des hommes d'armes. assis devant leur tentes, fourbissaient leurs casques, aiguisaient leurs bonnes épées.

D'autres enfin, et c'étaient les plus nombreux, réunissaient, au moyen de rameaux flexibles, les branchages dont le sol était jonché, de manière à former de légers fagots on fascines, alors employés dans les siéges pour combler les fossés.

Les marteaux retombant sur les enclumes et sur les armures, le retentissement des haches sur les solives, le grincement des limes, les cris des travailleurs, la crépitation des feux de bivouac produisaient un vacarme assourdissant répercuté et amplifié encore par l'écho de la forêt.

Au milieu de ce tumulte, on s'appelait, on s'injuriait dans presque toutes les langues connues: le gascon, le provençal l'anglais, le français, l'allemand se faisaient entendre à la fois; chacun des pays auxquels appartenaient ces divers idiomes, avait son représentant dans cette troupe bizarre et terrible.

XXII

Les historiens du temps sont d'une mansuétude merveilleuse pour ces bandes errantes d'aventuriers, vivant de pillage et de rapines. Leurs violences ne différaient guère de celles des troupes régulières au service de tel ou tel prince, de tel ou tel souverain, et quand elles étaient rehaussées par des traits de courage, on les admirait naïvement, car à cette époque le courage excusait tout.

Les routiers n'étaient donc pas toujours, comme on pourrait le croire au récit de leurs terribles exploits, des individus mis au ban de la société pour leurs vices et leurs méfaits. C'étaient tout simplement des soldats licenciés réduits à vivre comme ils pouvaient, après avoir marché sous la bannière de France ou d'Angleterre.

Au quatorzième siècle, les armées étaient rarement permanentes. Quand le roi d'Angleterre ou le roi de France voulait faire une chevauchée, il convoquait solennellement les seigneurs de son domaine avec leurs vassaux; puis il appelait à lui les hommes propres à la guerre, de toutes nations, disposés à combattre pour sa cause, moyennant une paye insuffisante, mais à laquelle la dépouille des vaincus devait suppléer.

L'expédition terminée, on congédiait les seigneurs et leurs vassaux, on licenciait les soudoyers. Ceux-ci n'ayant plus rien à faire, étaient forcés de vivre de pillage jusqu'à ce que le même souverain ou un souverain ennemi, peu importait, voulût les prendre à sa solde de nouveau.

L'existence de cette population flottante de soldats explique la facilité avec laquelle on improvisait des armées à cette époque de désastres.

XXIII

Cependant les alentours du château de Montbrun présentaient un aspect imposant et terrible. La guerre, pour être moins bruyante à cette époque que de nos jours, n'en était ni moins sanglante ni moins impitoyable. Déjà bon nombre de morts et de blessés dans les deux partis attestaient la vigueur de l'attaque et l'énergie de la défense.

Les assiégeants formaient comme une vaste ceinture d'hommes d'armes sur le bord extérieur du fossé. Les palissades, les barrières avaient été arrachées ou brisées à coups de hache; les archers, cantonnés derrière des pavois et des abris de planches, tiraient incessamment sur tout ce qui se montrait sur la muraille. Les flèches, les carreaux, les pierres se croisaient en l'air, lancés par diverses sortes de machines dont l'usage s'est perdu depuis l'emploi exclusif du canon.

On entendait retentir dans toutes les directions des cris de guerre différents : *Montbrun, et que Dieu soit neutre! — A la lance! à la lance!*

Les fanfares des trompettes, les bravades des combattants ajoutaient encore à ce vacarme assourdissant. Un soleil radieux éclairait cette scène de carnage, dardant ses rayons de feu sur les boucliers.

L'armée assiégeante s'était partagée en deux corps, suivant les règles militaires du temps, afin d'affaiblir les assiégés en les forçant à diviser leurs forces. Les routiers et les vassaux de Solignac, sous les ordres de Bonne-Lance, dont le sire de Nexon avait consenti à n'être que le lieutenant, s'étaient dirigés vers la poterne ou fausse porte du château.

Ce point, quoique très-fort, avait particulièrement attiré l'attention du jeune capitaine. Sans daigner s'emparer d'une petite barbacane voisine, où l'on avait mis quelques archers, peu inquiétants dans ce poste isolé, il ordonna à ses gens d'apporter une grande quantité de fascines, de troncs d'arbres et d'autres matériaux.

On obéit, malgré la grêle de traits que les défenseurs de Montbrun faisaient tomber sur les travailleurs. On alla couper dans la forêt voisine des arbres entiers, on les traîna à force de bras et on les précipita dans le fossé avec des mottes de gazon et des pierres, de manière à former une sorte de chaussée.

L'eau semblait profonde et les assiégés accablaient les routiers de railleries grossières du haut des remparts. Mais Bonne-Lance n'avait pas rôdé si longtemps autour de Montbrun sans utilité. En réalité, cet endroit offrait moins de profondeur que tous les autres; il s'en était assuré d'avance. Aussi encourageait-il continuellement ses gens par sa parole et par son exemple; le sire de Nexon l'imitait, et bientôt la digue, commençant à dépasser la surface de l'eau, l'impatient Bonne-Lance calculait le moment où il lui serait possible d'aller planter une échelle contre les murailles.

XXIV

L'attaque n'était pas moins vive du côté de la porte principale du château; là se trouvaient les seigneurs assiégeants, les deux Mauny, Galeran, le comte d'Armagnac et leur brillante compagnie. Cette troupe, qui se distinguait par l'éclat des armures, par ses bannières armoriées, ses panaches superbes, ses riches manteaux, ne se distinguait pas moins par son ardeur chevaleresque et son mépris du danger.

Elle avait assailli franchement l'entrée principale du manoir, et cherchait à enfoncer la porte de la barbacane au moyen d'une poutre immense mise en mouvement par quarante bras robustes; c'étaient les coups de cette espèce de bélier qui avaient retenti jusqu'à la couche mortuaire du troubadour.

Déjà la porte craquait et les chevaliers se disposaient à se précipiter, l'épée à la main, dans ce corps de garde extérieur, dès qu'elle aurait cédé tout à fait. En attendant, ils laissaient les archers des deux partis échanger leurs flèches par dessus les fossés, et, se couvrant négligeamment de leurs écus, ils causaient avec aisance et gaieté, comme s'ils eussent été en sûreté sous un solide abri.

En face d'eux, on voyait aller et venir, derrière les créneaux de la muraille, le baron de Montbrun, excitant ses gens à bien faire leur devoir. Souvent il dirigeait lui-même les mangonneaux qui jetaient des pierres énormes sur les assaillants, ou il lançait un trait contre un ennemi qui ne se couvrait pas bien de son pavois. Par moments, sa voix tonnante poussait son cri de guerre, répété aussitôt par ses soudoyers et ses vassaux. Plus d'un archer dans le camp des coalisés avait pris déjà le châtelain pour but de son adresse; mais les flèches les plus fortes s'émoussaient contre sa cotte de mailles d'Espagne et son armure de Milan; le fier chevalier n'y faisait pas plus attention que s'il eût senti des pois secs grésiller sur sa cuirasse.

Cependant, le sire de Montbrun était au fond plein de découragement et d'inquiétude. Il n'ignorait pas que ses gens se battaient à contre-cœur, et que si la lutte avait eu lieu en rase campagne, plus d'un eût passé volontiers à l'ennemi. C'était seulement à force de sollicitations, de promesses et de menaces qu'il les avait déterminés à la résistance, car plusieurs voulaient se rendre sans combat. Le nom seul de Bonne-Lance les frappait de terreur, et si

... Les Cabochiens et les Écorcheurs...

tout d'abord le seigneur se fût trouvé lui-même en face d'eux, il eût été impossible de vaincre leur répugnance. Heureusement le terrible ennemi ne paraissait pas, et Montbrun espéra qu'il ne viendrait pas ajouter à ses angoisses et aux dangers de sa position.

Il profita du moment où les efforts des assaillants semblaient se ralentir pour descendre du rempart et respirer en liberté. Il s'éloigna un peu de la muraille, et, ôtant son casque, il jeta un coup d'œil dans la cour d'honneur.

Au centre de ce vaste espace, les servantes du château avaient allumé d'énormes feux; on chauffait des chaudières remplies d'huile, de poix, et même d'eau bouillante, destinées à être vidées sur les assiégeants au moment où ils tenteraient de monter à l'assaut.

Plusieurs des pauvres femmes employées à cette besogne tremblaient en voyant tomber autour d'elles des flèches et des pierres lancées par l'ennemi; mais la dame de Montbrun était au milieu d'elles et stimulait impitoyablement leur activité.

Sa robe relevée dans sa ceinture, une pique à la main, elle allait et venait d'un air aussi tranquille que s'il se fût agi de surveiller les apprêts d'un repas.

Les assiégés se défendirent en désespérés. On les entendait s'encourager les uns les autres, appeler au secours leurs camarades. Les pierres, la chaux vive, l'eau et l'huile bouillantes, tombaient autour des assaillants. Mais rien ne pouvait arrêter la fougue indomptable des soldats de Bonne-Lance; ils montaient toujours sur deux lignes parallèles en faisant flotter leurs bannières.

Cependant l'issue du combat était encore incertaine; comme les défenseurs de Montbrun se trouvaient en force de ce côté du rempart, les assiégeants allaient être en grand péril lorsqu'ils atteindraient le sommet de la muraille. Dans ce moment décisif, des cris tumultueux s'élevèrent de l'intérieur du manoir; les créneaux se dégarnirent tout à coup de soldats, sans que rien expliquât cette étrange panique.

Les assiégeants et Bonne-Lance ne s'arrêtèrent pas à réfléchir sur cette circonstance; ils aimèrent mieux en profiter. Le chef des routiers, plus leste, atteignit le premier le couronnement de la muraille, et, plantant sa bannière sur un créneau, il s'écria d'une voix forte :

Le château est à nous !

. . . .

Voilà donc les hommes, la force, le courage et l'opiniâtreté que l'on dépensait en France pour s'emparer d'un simple nid de baron pillard, au lieu de courir au secours de la Normandie envahie et de Rouen assiégé et criant détresse !

XXV

Paris, au pouvoir de l'anarchie, était incapable d'envoyer un secours quelconque à la Normandie. Il n'y avait plus un chef capable de patriotisme; les *cabochiens*, les écorcheurs, les bouchers, les bourreaux étaient seuls maîtres de cette situation de désordre, et l'on voyait les princesses réduites à employer la protection des coupeurs de têtes et de se réfugier dans l'antre des bandits pour éviter la mort plus atroce encore sur la voie publique.

Les scènes d'*Ésaü*, si bien décrites par Emmanuel Gonzalès, se renouvelaient chaque jour à Paris. C'était absolument la répétition des aventures de la fille du roi de Grenade.

Qui ne connaît en effet ces aventures, chez le bourreau ou mezouar de Castille, lorsque Aïxa, suivie de Béatrix, sa duègne, se trouva enveloppée et portée dans la maison de l'effroyable exécuteur?

La porte se referma derrière les deux femmes. Elles descendirent quelques marches, dont les pierres disjointes tremblaient sous leurs pieds. Aïxa dut, pour ne pas tomber, s'appuyer au mur, qui était gras et luisant.

Elle revit alors dans toute son horrible réalité le spectacle ignoble qui l'avait épouvantée, au point de lui faire abandonner son entreprise téméraire.

Elle se trouvait à l'entrée d'une grande cour carrelée en briques qui semblait enduite du carmin le plus pur, et sur laquelle s'ouvraient deux salles basses.

Des *candils* accrochés aux piliers illuminaient d'une lueur terne et tremblotante ce *patio*, encombré de bancs boiteux rouges de vin, sur lesquels ronflaient des braves à face patibulaire.

L'une des salles basses, dont la Mauresque détourna les yeux avec horreur, était une espèce de charnier où le mezouar déposait momentanément le corps des suppliciés.

Trois cadavres y étaient alors étendus sur la pierre; l'un avait la tête séparée du tronc et les deux autres gardaient encore incrusté, autour du cou, un bout de la corde qui avait servi à les pendre.

C'était là que les bohémiens et tous les vagabonds qui faisaient profession de prédire l'avenir venaient chercher de la corde, de la graisse et des cheveux de pendus, trois ingrédients qui, à cette époque, jouaient un rôle de grande consommation dans la sorcellerie, et que Juan le Velu estimait comme un des plus lucratifs produits de son métier. Aux murs pendaient des linges sanglants, des paquets de guimpes et une hache fraîchement aiguisée. Divers instruments de torture aux formes bizarres complétaient le mobilier de cette salle : c'étaient les cordeaux, la poulie, la coiffe de fer, le chevalet, les brodequins, ces monstrueux agents de la justice humaine.

XXVI

L'autre salle basse n'offrait pas un aspect aussi formidable.

Sur la muraille était collée une image coloriée de Notre-Dame des Plaies, grossière estampe de village : au-dessous se balançait un panier de paille qui servait de tronc pour les aumônes, à côté d'une cuvette de faïence enchâssée dans le mur et qui simulait le bénitier. De grands coffres sans couvercle semblaient attendre avec impatience un butin retardataire. Quelques nattes de jonc recouvraient le sol.

Au moment où Béatrix s'avançait d'un pas timide dans la cour, le tumulte était à son comble. Si quelques bravaches, dont les épées et les boucliers de liége étaient accrochés aux piliers, ronflaient majestueusement sur leurs bancs, d'autres jouaient bruyamment aux osselets en jurant comme des païens quand ils perdaient. Un gueux à trogne fleurie faisait danser son chien en guise de répétition, tandis qu'un autre faisait sauter le sien au cerceau, aux grands éclats de rire des enfants, qui formaient cercle à ce rare spectacle.

Dans un coin, quelques mendiants huppés s'adonnaient à un assaut de grimaces, de contorsions et de démanchements de membres fort réjouissants. L'un se tordait la bouche, l'autre se renversait les paupières. Celui-ci marchait les jambes retournées, celui-là jetait ses jambes par-dessus ses épaules et marchait sur ses mains. Quelques-uns guérissaient pour la nuit leur fausse lèpre ou l'enflure de leur pied. Ils mettaient leurs bandages dans leurs poches.

Dans le coin opposé, cinq ou six jeunes filles, courtisanes ou bohémiennes, s'exerçaient à danser en s'accompagnant d'un tambour à grelots et de castagnettes. Elles avaient le visage fardé, les lèvres enduites de carmin, la gorge plâtrée de blanc de céruse, et des mantes de camelot tremblaient sur leurs épaules.

Avec leurs jupes courtes et leurs babouches pailletées, elles eussent cependant paru jolies si l'impudence de leurs regards et la hardiesse lubrique de leurs poses n'eussent effarouché tout homme non initié aux honnêtes sujets de Jean le Velu. Quoique jeunes encore, le vice les avait usées et flétries.

Chaque fois qu'une des danseuses, épuisée et le front baigné de sueur, cessait de voltiger, un des galants spectateurs l'enlevait dans ses bras et l'embrassait en l'air, sans qu'aucune se débattît d'une trop farouche façon.

— J'espère, mon jeune seigneur, dit la béate à Aïxa, que nous vous donnons du divertissement pour votre argent.

Mais la Mauresque, dont le visage s'empourprait de honte et de dégoût à l'aspect d'une telle scène, répliqua avec un accent d'impatience :

— Où donc est le mezouar, vieille?

— Vieille! vieille! pas si vieille! grommela dame Béatrix d'une mine refrognée. Vous ne le verrez que trop tôt, notre digne maître Juan le Velu. Mais attention! voici, je crois, une querelle d'amoureux où il sera forcé de mettre le doigt.

En effet, Matorral, qui jouait aux osselets, venait de perdre sur parole dix réaux et de les envoyer demander à une des danseuses, grosse fille réjouie, aux joues rebondies, dont il s'était constitué le champion. Mais comme elle ne put lui en donner que cinq, il se leva brusquement, s'avança comme un furieux vers elle et lui arracha sa mante. Puis, détachant la ceinture de cuir qui lui servait de baudrier, sans en ôter la boucle de fer, il meurtrit de coups les épaules nues de la belle, malgré les clameurs, les supplications et les injures de ses compagnes, en disant :

— Ah! tu refuses de me prêter cinq misérables réaux, Clara la joufflue!

— Grâce, Matorral! grâce, mon bretailleur redouté! criait la malheureuse de toutes ses forces.

— Ah! tu n'as pas confiance dans ton amant! poursuivit le faux boiteux.

— Mais tu peux retourner dans toutes mes poches, tigre d'Ocana, hurlait Clara la joufflue, et tu verras que je ne possède pas un *ochabo* de plus.

Les coups néanmoins pleuvaient toujours dru comme grêle. Alors la pauvre fille glapit cet appel désespéré :

— Justice, justice, maître Juan le Velu, justice!

Et elle se précipita, les cheveux au vent, la figure toute contusionnée, dans la salle basse des suppliciés, où le mezouar essayait en ce moment deux de ces longues échelles pliantes que l'on dresse contre le gibet.

XXVII

Les autres danseuses l'y suivirent ; mais quand Matorral voulut y poursuivre sa victime, elles lui opposèrent une résistance opiniâtre.

— Laissez-moi entrer, leur dit-il alors d'un ton radouci. Je vais rajuster ma ceinture. J'ai peut-être eu la main trop prompte. Allons, je veux faire ma paix avec la donzelle !

— La paix ! s'écria Clara la joufflue ; la paix avec ce faux soldat qui est lion pour les brebis et agneau pour les hommes ! Est-ce que je voudrais manger plus longtemps avec lui pain sur nappe et dormir au même nid ! Ah bien, oui ! je verrais plutôt manger du loup mes épaules qu'il a si atrocement flagellées et mises en sang[illegible].

— Allons, ma bonne petite Clara, finissons-en ! Calme-toi, ma dépitée ! reprit Matorral, que deux autres bravaches retenaient de force.

— Non, emmenez ce bourreau d'innocents, cet épouvantail de pigeons pattus ! cria la bonne petite Clara. Que la justice de Dieu et du mezouar tombe sur ce lâche félon, sur ce coquin pouilleux que j'ai sauvé plus de fois de la potence qu'il n'a de poils dans la barbe !

— Allons, niaise ! interrompit le matamore irrité ; prends garde de devenir trop fière en me voyant devenir si humble ; car, par saint Christophe le géant ! si la colère me monte au clocher, pire sera la rechute que la chute. Humilie-toi et humilions-nous, et ne donnons pas à dîner au diable.

— Je lui donnerais même à souper pour qu'il t'emporte où jamais mes yeux ne te reverraient, répliqua la joufflue.

— Allons, tu vas trop loin, Clara, ne put s'empêcher de crier dame Béatrix. A ton âge, j'aurais donné mon tambour à grelots pour qu'il m'advînt pareille mésaventure. Qui aime bien châtie bien, ma fille. Quand les vauriens noircissent de horions le corps de leurs maîtresses, c'est qu'ils les adorent. Tu vois que Matorral se repent déjà et qu'il a les larmes aux yeux de t'avoir mise en si piteux état.

— Béatrix a raison ! dirent les autres danseuses.

Clara la joufflue ne se rendait pas encore à ces beaux et sages raisonnements, fruits précieux d'une longue expérience, lorsque Matorral dit aux jeunes filles, en écumant de rage :

— Faites-moi place ou j'entre de force!

Mais aussitôt une voix tonnante cria du fond de la salle basse:

— Tu oublies que je sais faire justice dans ma maison aussi bien que sur la place publique, impudent bravache!

Et les filles s'écartant en désordre, Aïxa vit paraître sur le seuil de la porte un homme dont le seul aspect fit reculer Matorral.

— Voici Juan le Velu, dit Béatrix à la Mauresque. Il fera entendre raison à cet enragé.

Aïxa frissonna en contemplant le mezouar.

C'était un homme de quarante-cinq ans, haut de taille, noir de visage, la barbe rouge, les yeux ardents et enfoncés, surmontés de deux sourcils touffus qui se rejoignaient. Une simple chemise d'une blancheur équivoque bouffait sur son large torse et laissait voir, par la fente de devant, une forêt, tant il avait la poitrine velue.

Il était couvert d'un manteau de serge rouge qui tombait jusqu'à ses pieds, chaussés de souliers de maroquin pliés en pantoufles. Des chausses en toile, larges et plissées, lui couvraient les jambes jusqu'au genou.

De ses épaules et de sa poitrine descendait un large baudrier de cuir, auquel pendaient un large coutelas de vacher à manche de bois jaune, un fouet à six lanières de peau d'anguille et un rouleau de parchemin tout luisant de graisse.

Ses mains étaient courtes et velues, les doigts gros, les ongles épatés; ses larges pieds s'appuyaient à terre comme des troncs d'arbre, et ses deux narines, s'ouvrant et se refermant avec bruit, exhalaient une épaisse fumée.

Ce barbare et monstrueux personnage saisit Matorral par le bras, et lui dit en le faisant chanceler sur ses genoux:

— Il faut, soldat du lendemain de la bataille, que tu fasses pénitence de ta brutalité devant cette pauvre Clara, qui est la plus gaie et la plus avenante de mes sujettes.

Matorral vacillait comme un homme ivre sous la main énorme du mezouar.

— Hélas! cria alors la joufflue prise de pitié, que Votre Grâce ne maltraite pas trop ce maudit, seigneur Juan! Tout méchant qu'il est, je l'aime encore comme l'enveloppe de mon cœur.

— Au diable les femmes! elles ne savent ce qu'elles veulent, dit Juan le Velu. Pourquoi se plaindre des coups quand on les aime? Les querelles d'amoureux ne sont que des prétextes de raccommodement, n'est-ce pas? Allons, Clara, ma fille, sors de cette salle par amour de moi, et le brave Matorral, pour le même motif, va te demander pardon à genoux!

— S'il fait cela, reprit la joufflue, je l'embrasserai de bon cœur.

— Si cela doit se faire par lâche et déshonorante soumission, sachez, dit fièrement le faux boiteux, que je ne céderai pas à une armée de tard-venus français ; mais si c'est pour complaire à la joufflue, je ne me mettrai pas seulement à genoux, mais je suis homme à me planter un clou dans le front pour son service !

Tous les assistants éclatèrent de rire, sans excepter le mezouar, et la Clara vint se jeter tout essoufflée dans les bras de son amant, tandis que Juan le Velu criait :

— Après avoir coupé la colère, il faut songer à la joie. Filles de mes yeux, servez le souper.

XXVIII

Clara la joufflue et ses compagnes s'empressèrent aussitôt d'apporter au milieu de la couronne des grandes nattes de jonc, sur laquelle elles étendirent un vieux drap troué en guise de nappe.

Puis elles tirèrent successivement de deux lourds paniers à linge quelques grosses bottes de radis, six douzaines d'oranges et de limons, une grande casserole ornée de tranches de merluche frite, un fromage de Hollande, un pot de grasses olives, un plat de câpres au piment et six miches de pain blanc de gandul.

Sur un signe du mezouar, tous les assistants tirèrent leurs couteaux et vinrent s'asseoir en rond autour de la bienheureuse natte, à l'exception de Béatrix, du prétendu seigneur maure et du perclus Sanchez, sur lequel tous les yeux se dirigèrent et se fixèrent aussitôt.

La révérende duègne tremblait alors comme la feuille ; car Juan le Velu, qui venait seulement de l'apercevoir, lui adressa aussitôt la parole au milieu d'un profond silence :

— Ah ! te voilà, vieille messagère d'amour, honnête diseuse d'*oremus*, guérisseuse d'engelures et de jaunisse ! Eh bien ! m'apportes-tu de bonnes nouvelles ?

Béatrix, muette, ne bougeait pas ; mais Sanchez le perclus la poussa complaisamment en avant, tandis que la Mauresque, plus troublée qu'elle n'eût voulu se l'avouer à elle-même, reculait dans l'ombre.

— Allons, béate, parleras-tu ? reprit rudement le mezouar. Tu m'as promis

Le Sermonneur.

hier de m'amener la fille d'un sereno qui a les plus beaux yeux et les plus beaux cheveux du monde, et qui danse d'une façon merveilleuse. Tu sais que j'ai juré de procurer ce miracle de beauté et de légèreté à don Fernando de Castro pour sa fête de demain, à laquelle le roi notre seigneur doit assister, malgré son humeur noire. As-tu tenu ta promesse ?

— Hélas ! maître Juan, soupira la duègne en baisant les grains de son chapelet, j'ai fait l'impossible...

— Tu sais, interrompit le mezouar, que don Fernand m'a généreusement payé d'avance, comme s'il m'avait commandé une balafre en quatorze points ou une volée de coups de bâton à infliger à un de ses ennemis?

— Jésus mon Dieu! dit la vieille, j'avais réussi à brouiller la fille du sereno avec son fiancé, et ce soir je l'entraînais vers votre logis, seigneur Juan, lorsque ce maudit garçon, nous rejoignant, m'a battue en me traitant de vieille sorcière, et a ramené la belle chez son père.

— Par saint Christophe le géant! s'écria le mezonar, je ne te croyais pas si novice dans le métier, révérende dame. Je t'avais promis vingt réaux de récompense, je te promets maintenant vingt coups de fouet après souper. A chaque saint sa chandelle!

— Mère du Christ! murmura Béatrix d'une voix plaintive et larmoyante, accordez-moi un jour de répit, maître Juan.

— Pas une heure! répondit-il avec un regard féroce.

XXIX

Les scènes que nous venons de reproduire, d'après Gonzalès, s'appliquent à la société européenne de ce temps-là.

Ce que nous disons de l'Espagne, nous pouvons l'écrire de Paris sous Isabeau de Bavière.

Il n'y avait donc plus de remède à la situation atroce de ce moment-là.

Il fallait capituler devant l'Anglais.

Il fallait lui abandonner Rouen.

Un soldat flamand engagé au service des valeureux Rouennais était venu porter la nouvelle que Alain Blanchard, le héros bourgeois de la capitale de Normandie, n'avait plus de vivres pour résister à l'investissement de Henri V.

Ce Flamand, découragé comme tous les soldats d'alors, une fois qu'il eut rempli son message, se disposa, non pas à aller combattre pour vaincre, mais pour trouver la mort, la fin des anxiétés dont chacun souffrait horriblement et la fin aussi des remords dont il était accablé.

Élie Berthet a appelé ce soldat le Sermonneur. Et comme c'est un type, écoutons-le, d'après le romancier que nous citons, faire sa confession à un de ses compagnons d'armes.

On aura ainsi une idée des mœurs de la soldatesque à cette époque de désorganisation totale.

XXX

Il parla ainsi :

Je te conterai mon histoire, Petit-Basque, non pas comme à un confesseur, car, dans notre Flandre, un prêtre seul peut remplir cet office, mais comme à un ami... D'ailleurs, tu peux m'aider à réparer le mal dont je suis cause. Je te crois meilleur que moi et que la plupart de nos camarades, car tu es plus jeune... Mais avant tout, tu vas me jurer Dieu, la Vierge et le saint que tu vénères le plus, d'exécuter mes volontés.

— Par Dieu, madame la Vierge et monseigneur saint Gaspard ! s'écria son compagnon, je le jure... Parle, ami Sermonneur, tu as donc commis un bien grand péché?

— J'en ai commis de plus grands peut-être, répondit Godefroy d'un air pensif, et cependant aucun ne m'a laissé d'aussi pénibles souvenirs... Dans le cours de ma vie, j'ai faussé mes serments, j'ai volé des vases sacrés, j'ai égorgé des ennemis par traîtrise ; mais ces fautes énormes me causeront moins de remords à ma dernière heure que mes torts envers un pauvre petit enfant innocent !

— Un enfant ! s'écria le Basque en ricanant, cap de Diou ! camarade, tu veux te gausser de moi !

Le Sermonneur lui imposa silence par un geste impérieux.

— Il y a quinze ou vingt ans, reprit-il d'une voix grave, je ne me souviens pas au juste de la date, j'étais dans une compagnie de lances au service d'Édouard d'Angleterre, et nous ravagions sans pitié les campagnes de Gascogne. A Angoulême, un espion vint dire à messire Jean Chandos, notre commandant, que la plupart des couvents du Limousin et du Périgord avaient caché leurs reliques et leurs trésors dans l'abbaye du Châlard; c'est un monastère important, situé à quelques lieues de l'endroit où nous sommes ; en envoyant seulement deux cents lances pour enlever l'abbaye, on devait faire beaucoup de butin en or et en argent. En outre, plusieurs personnages du haut rang avaient, disait-on, cherché asile au Châlard, et si on pouvait les prendre, on obtiendrait d'eux de grosses rançons. Messire Jean Chandos ordonna aussitôt une chevauchée. Nous arrivâmes au couvent ; les vassaux et les moines résistèrent ; il nous fallut former un siége en règle ; nous perdîmes beaucoup d'hommes et beaucoup de temps. Cela nous exaspéra, et après avoir emporté la place, nous ne voulûmes accorder merci à personne ; tout fut mis à feu et à sang.

« Quant à moi, échauffé par la bataille, exaspéré de la mort de mon *coustiller*, qui venait d'être renversé en montant à l'assaut, j'avais presque perdu la raison... Aussi, plus d'un pauvre moine tomba-t-il sanglant sous mon épée... Que Dieu me pardonne ces sacriléges ! J'allais, égaré, furieux, renversant tout ce qui se trouvait sur mon passage.

« Nous avions envahi les cloîtres, et déjà on oubliait le massacre pour le pillage. Les Anglais s'étaient répandus de tous côtés, faisant main basse sur les trésors renfermés dans le monastère. Désirant avoir part, comme les autres, à une si belle proie, je montai l'escalier d'une tourelle isolée ; j'arrivai dans une petite chambre fort richement meublée, d'où partaient des cris perçants. Un enfant de deux ou trois ans environ, somptueusement vêtu, pleurait à côté d'une femme morte et étendue sur le parquet. Sans doute la malheureuse avait voulu voir le combat d'une fenêtre de la tourelle ; une flèche lancée du dehors l'avait traversée de part en part.

« L'enfant avait une gentille figure ; il était vêtu d'un beau *gippon* de brocart ; il devait appartenir à une illustre famille. En me voyant, il cessa de pleurer, s'avança vers moi et me montra du doigt le corps de sa pauvre nourrice... Il me dit quelques mots d'une voix douce, dans une langue inconnue. Je ne sais ce qui se passa en moi, mais je sentis comme une honte secrète d'avoir travaillé au malheur de ce pauvre innocent... Je levai ma visière ; l'enfant me regarda avec des yeux étonnés ; je me penchai pour l'embrasser, il me sourit... Quel sourire d'ange ! je crois le voir encore ! »

XXXI

Le farouche routier mit la main sur ses yeux comme pour évoquer l'image gracieuse de cet enfant qui lui souriait. Il reprit après un moment de silence :

— « Tu ne me croiras pas, Petit-Basque, mais encore animé par la bataille et le carnage, encore couvert de sang et de poussière, je me mis à caresser ce bel enfant ; je ne pensais plus au pillage... Il me rendait mes caresses en me parlant toujours, et je cherchais vainement à comprendre ce qu'il me disait. Ma vie errante ne me permettait pas de l'emmener avec moi ; cependant je sentais qu'il serait bon d'être aimé de cette charmante créature.

« Je la regardais avec attendrissement (et je crois, le diable m'étouffe ! que je pleurais) ; quand j'entendis derrière moi un bruit de pas ; un capitaine anglais, attiré comme moi sans doute par le désir de piller, entra dans la tour.

« Ce capitaine était justement redouté dans la chevauchée de messire Chandos pour sa sévérité envers les soudoyers et hommes d'armes ; moi-même j'avais eu plus d'une fois à me plaindre de ses mauvaises paroles ; à cause de sa vivacité, on l'appelait le capitaine Tempête. D'aucuns soutenaient qu'il était bon homme au fond, et que cette irascibilité tenait seulement à la chaleur de son sang. Néanmoins, en l'apercevant, je prévis quelque querelle ; je ne me trompais pas. Je pris le garçonnet dans mes bras, et je me disposai à sortir avec lui.

« Tempête (il avait un autre nom noble parmi les Anglais) regarda l'enfant et me dit :

— Vrai Dieu ! le joli petit gars ! et comme il est bien vêtu ! C'est au moins le fils d'un comte... Voudrais-tu, soudoyer, me le donner ?

— Je ne sais ce que j'en ferai, messire, mais il est mon prisonnier et je le garde.

— Ton prisonnier ? reprit le capitaine avec arrogance ; où donc as-tu vu qu'on regardait comme prisonniers de guerre les enfants presque à la mamelle ? Mort de ma vie ! je ne souffrirai pas cette injustice, et tu vas me livrer ce pauvre petit pour en disposer à ma volonté... Ce n'est pas là butin de soudard !

« Je répliquai qu'ayant découvert l'enfant le premier, j'avais seul le droit de disposer de son sort. Le violent capitaine me répéta que les enfants n'avaient jamais été considérés comme prisonniers de guerre ; que celui-là étant, selon toute apparence, un orphelin, il comptait lui servir de père et en faire un vaillant guerrier lorsqu'il serait grand ; que quant à moi, si je prétendais le lui disputer, il saurait bien m'en punir.

« En même temps il m'arracha des bras le joli enfant et l'emporta malgré ses pleurs.

« Tu me connais, ami Basque ; lorsqu'on me prend à l'improviste, on obtient raison de moi facilement, car il me faut toujours un peu de temps pour ruminer et réfléchir avant d'agir... Le capitaine parti avec sa prise, la pensée me vint que j'aurais dû la lui disputer ; c'était une lâcheté de m'être ainsi laissé dépouiller d'un bien m'appartenant par le droit de la guerre. Sans doute Tompête ayant reconnu à divers signes que l'enfant était de haut lignage, comptait tirer une grosse somme de ses parents; ainsi j'étais frustré du fruit de ma conquête. Je me décidai donc à courir après le capitaine anglais pour l'obliger à une restitution.

« Au moment où j'allais sortir, un vieux moine, portant un haubert et un morion par-dessus son froc, entra dans la tour : c'était l'abbé du Châlard, comme je le reconnus à sa croix d'or. Il avait combattu pour défendre le monastère; le sang coulait sur sa robe, il était gravement blessé.

« Du seuil de la porte, il regarda avec inquiétude dans la chambre. M'apercevant, il poussa un cri de terreur et s'avança vers moi d'un pas chancelant.

« — Vassal, s'écria-t-il, où est l'enfant qu'on avait enfermé ici? Si tu l'as tué, anathème sur toi et sur ta race!... Hérode abominable, tu as massacré l'innocent.

« Dans un autre moment, il eût été imprudent de me parler de la sorte, mais ce moine m'inspirait de la pitié avec sa barbe blanche et sa robe ensanglantée. Je lui appris en peu de mots que l'enfant existait et qu'il était entre les mains d'un capitaine anglais.

« — Dieu soit béni! s'écria l'abbé en levant les yeux au ciel; assez d'autres crimes se sont commis aujourd'hui dans ce saint monastère!... Mais écoute, continua-t-il en se tournant vers moi, tu connais ce capitaine et tu pourras le retrouver?

« Je répondis affirmativement.

« — En ce cas, reprit le malheureux moine dont les forces commençaient à s'épuiser, va le trouver de ma part, et dis-lui que l'enfant dont il s'est emparé est le seul héritier direct d'une illustre famille de ce pays; ses ancêtres étaient les bienfaiteurs de notre abbaye; son père, avant de mourir, nous l'a confié en garde... Aujourd'hui il est orphelin, et des parents éloignés voudront sans doute profiter de sa faiblesse pour le dépouiller de son héritage. Que ce capitaine anglais lui serve de protecteur, s'il le peut; quand l'enfant aura atteint l'âge de raison, il sera assez riche et assez puissant pour le récompenser... Mais, continua-t-il avec effort en tirant de dessous sa robe une liasse de parchemins, afin de ne laisser aucun doute sur l'identité de ce noble enfant lorsqu'il voudra réclamer son héritage, remets ces parchemins au capitaine; ils serviront à faire reconnaître plus tard son protégé.

« Je pris machinalement le paquet et je le cachai dans ma ceinture. L'abbé s'affaiblissait de plus en plus; il avait peine à se tenir debout.

« — Soudoyer, me dit-il d'une voix entrecoupée, s'il te reste encore quelques sentiments chrétiens, prie cet officier de traiter avec douceur l'orphelin qui lui est confié. Il devra surtout prendre garde aux nombreux ennemis que lui suscitera...

« Il n'eut pas le temps d'achever : il devint très-pâle prononça quelques mots latins et tomba mort à mes pieds.

« Je restai d'abord étourdi de ce qui venait d'arriver; mais bientôt je repris toute ma présence d'esprit. Je couvris le visage de l'abbé avec un pan de sa robe, par respect pour sa dignité ecclésiastique, puis je me mis à piller les coffres et les bahuts remplis d'objets précieux. »

Le Sermonneur s'arrêta comme s'il eût terminé son récit.

XXXII

— Ah çà, mais, demanda Petit-Basque, de quoi diable t'accuses-tu dans cette affaire? Cap de Diou! à la manière dont tu parlais tout à l'heure, je croyais que tu avais au moins coupé l'enfant en morceaux pour en faire un sortilége, et tu as été sage comme un saint de cathédrale... Où donc est le méfait qui trouble ta conscience?

— J'ai gardé les parchemins de l'abbé, reprit Godefroy d'un ton sombre, et je n'ai pas cherché à rejoindre le capitaine Tempête. Peu de temps après la prise du Châlard, il quitta l'armée de Chandos et se retira dans un pays éloigné.

— Eh! que diable voulais-tu faire de ces paperasses? Tu n'es ni clerc ni savant...

— Tu ne m'as pas compris, compagnon; cet insolent capitaine Tempête m'avait frustré de ma prise pour gagner une forte rançon. Or, si je lui avais remis les parchemins constatant la haute origine et les droits de l'enfant à un riche héritage, le capitaine en eût tiré sans doute grand profit, ce que je ne voulais pas. Ma haine pour Tempête est retombée sur le pauvre innocent... S'il existe encore, il a sans doute, par ma faute, mené une existence misérable. Bien souvent, dans mes nuits de veille au camp et dans les forteresses, j'ai pensé au tort que j'avais eu de punir l'orphelin du Châlard de la brutalité de l'officier! Si je vis, je ferai certainement un pèlerinage à Saint-Jacques de Compostelle pour demander pardon à Dieu de ce péché!

Petit-Basque ne semblait pas prendre cette révélation au tragique comme son lugubre compagnon.

— Par saint Gaspard! reprit-il d'un ton léger, je ne vois pas de quoi tant se lamenter. Quel grand mal quand il y aurait un seigneur de moins pour vexer de pauvres vassaux!... Merci cependant de ta confession, camarade, et si tu as besoin de mon absolution, je te la donne de bon cœur; mais en quoi puis-je te servir autrement?

Le routier regarda autour de lui avec défiance avant de répondre.

— Quand demain tu me verras renversé par terre, reprit-il à voix basse, et quand j'aurai reçu ma dernière blessure, tu chercheras là, dans mon justaucorps de chamois, sous mon armure; tu y trouveras une bourse pleine d'or et le paquet de parchemins.

— Quant à l'or, je ne serai pas embarrassé d'en trouver l'emploi, dit Petit-Basque avec vivacité : mais par saint Denis! que ferai-je de ces parchemins? je ne sais pas lire.

— Ni moi, camarade; j'ignore absolument ce qu'ils contiennent, car je n'ai voulu les confier à personne, de peur d'indiscrétion. Si le capitaine Bonne-Lance avait été plus affable et moins mystérieux avec nous autres, je me fusse peut-être adressé à lui; mais, seul au monde, tu connais ce secret, et, si je n'avais la certitude de ma fin prochaine, je l'eusse peut-être gardé toujours. Laisse-moi donc achever... Après ma mort, tu t'empareras des parchemins et tu t'en iras au Châlard, non loin d'ici; tu prendras toutes les informations nécessaires pour savoir qui était cet enfant disparu. Si tu le découvres, tu lui rendras ledit paquet, et probablement tu recevras une bonne récompense. Si tu n'as de lui aucune nouvelle, après une année de recherches tu jetteras les titres au feu et tu prieras Dieu pour mon âme.

Un profond soupir sortit de la poitrine du Sermonneur.

— Sois tranquille, camarade, reprit le Petit-Basque, je tiendrai mon serment, de par saint Gaspard! Et dis-moi, la bourse... cette bourse dont tu parlais... est sans doute bien garnie? La mienne est vide, vois-tu, et si je dois courir le pays, en quête de cet inconnu...

— Elle est bien garnie, et tu ne l'attendras pas longtemps!

— Ne dis pas cela, ami Sermonneur, répliqua le Basque avec une tristesse hypocrite, il ne faut pas écouter ces folles idées. Avant de rendre ton âme à Dieu, tu auras encore le temps de vider plus d'un flacon et de faire mordre la poussière à plus d'un brave ennemi.

Le Flamand le regarda avec étonnement.

— Ne t'ai-je pas dit que j'étais *fay?* reprit-il d'une voix grave; le présage ne ment pas... Je mourrai demain.

L'un des faubourgs brûla...

XXXIII

La chute de Rouen fut le signal de la chute totale de la Normandie et bientôt de la France entière.

Les assiégés avaient tenu jusqu'au bout, supportant la famine, mangeant les rats, l'herbe des jardins et des remparts, combattant à la brèche, afin que l'histoire pût dire un jour que la grande cité avait vaillamment défendu son honneur.

Enfin il fallut se rendre.

Henri V menaçait de passer toute la population au fil de l'épée, si la ville ne se rendait pas à merci.

Des démarches pressantes furent faites auprès du roi d'Angleterre : l'ennemi ne voulut rien entendre.

Enfin, convaincu que les Rouennais mettraient le comble à leur héroïsme en tentant une formidable sortie et en incendiant la ville, Henri V, dans son propre intérêt, consentit à recevoir la capitulation de Rouen sans exiger d'autre sacrifice que l'incendie de l'un des faubourgs qui avaient le plus résisté, et la tête d'Alain Blanchard, le chef de la municipalité et l'âme de la résistance de Rouen.

Il fallut souscrire à ces conditions inexorables.

L'Anglais entra en vainqueur dans la ville ; l'un des faubourgs brûla et Blanchard fut décapité par le bourreau du vainqueur.

XXXIV

La destinée condamnait Rouen à redevenir anglaise pour plus d'un quart de siècle encore, et à servir de théâtre du supplice à la grande et glorieuse figure de la revanche nationale, à Jeanne Darc.

Si Rouen occupe une glorieuse place dans nos vieilles annales, elle n'en est pas moins aujourd'hui la grande cité dont on admire la puissance industrielle, les ressources commerciales et agricoles, et dont on étudie l'histoire avec respect.

Suivons ici le vulgarisateur célèbre de la géographie pittoresque de la France, M. Joanne, et écoutons-le parler de Rouen.

C'est, dit-il, l'une des principales villes de France par son étendue, sa population, son industrie et son commerce; autrefois la capitale de la Normandie, aujourd'hui le chef-lieu du département de la Seine-Inférieure. Elle est située à 21 mètres d'altitude sur la rive droite de la Seine, sur l'Aubette et la rivière de Robec, au pied de collines qui l'entourent de trois côtés. Sa population se monte à 100,671 habitants.

Depuis dix ans Rouen s'est complétement transformée. Elle a jeté bas ses vieilles ruelles étroites, tortueuses, obscures et malsaines, qui lui donnaient un caractère tout particulier, pour percer de longues rues, larges, droites, aérées, bordées de maisons en pierre de taille, sans style particulier. Au point de vue pittoresque, ces améliorations sont regrettables, car la ville a perdu son originalité jadis si curieuse et si prononcée. Mais il lui reste toujours son admirable position, ses édifices religieux ou civils qui la placent au premier rang parmi les principales villes de la France; ses beaux musées et ses environs qui offrent de splendides points de vue.

Sur la rive gauche de la Seine se trouve le faubourg Saint-Sever, que deux beaux ponts mettent en communication avec la rive droite du fleuve. Les autres faubourgs de Rouen, beaucoup moins importants, sont : à l'est, dans les basses terres, Martainville; à mi-côte, Saint-Hilaire; au nord, sur les hauteurs, Beauvoisine, Bouvreuil; à l'ouest, Cauchoise, qui, en y comprenant le nouveau quartier de la Madeleine, s'étend depuis la côte jusqu'à l'avenue du mont Riboudet.

Du terre-plein du pont de pierre, où s'élève la statue du grand Corneille, on découvre une vue admirable sur la ville et les environs. On a sous ses pieds cette Seine dans laquelle les Anglais ont jeté les cendres de Jeanne Darc. Deux fois par jour, le cours du fleuve est refoulé par le flot de la mer; l'impulsion de la barre se fait même sentir jusqu'à Pont-de-l'Arche, au temps des fortes marées équinoxiales.

Pour bien voir Rouen et ses environs, il faut lui consacrer plusieurs journées. — On ne peut, en effet, se dispenser de visiter la cathédrale, Saint-Ouen, Saint-Maclou, Saint-Patrice, Saint-Godard, le palais de justice, l'hôtel du Bourgtheroulde, les quais, les ponts (pour la vue), les musées de peinture et d'antiquités, et Bon-Secours ou Canteleu (pour la vue).

XXXVI

La cathédrale de Rouen a été commencée sous le règne du roi d'Angleterre et duc de Normandie Jean sans Terre, à l'exception de la tour Saint-Romain, dont la base appartient à l'église primitive, brûlée en 1200. Cette tour ne fut terminée qu'en 1477. Bien que la façade de la cathédrale soit composée de parties disparates et à moitié détruite par les hommes et par le temps, l'ensemble en est saisissant et grandiose.

La façade proprement dite, comprise entre les deux tours latérales, commencée en 1509 par le cardinal d'Amboise, terminée en 1530, est ornée d'un nombre prodigieux de sculptures et de statues d'une exécution très-remarquable. Les bas-reliefs qui décoraient les trois portes d'entrée ont été mutilés en 1562 par les calvinistes.

La tour Saint-Romain (côté gauche) renferme le mécanisme de l'horloge et le beffroi composé de quatre cloches, dont la plus grosse pèse 7,500 kilogrammes. On découvre de la plate-forme une vue magnifique.

La tour de Beurre (côté droit), ainsi nommée parce qu'elle fut construite au moyen d'aumônes offertes par les fidèles qui obtinrent en récompense la permission de faire usage du beurre pendant le carême, a 77 mètres d'élévation. Elle fut commencée en 1485 et terminée vingt-deux ans après. C'est un des plus gracieux monuments de l'architecture du quinzième siècle. La cloche donnée par le cardinal d'Amboise, une des plus grosses cloches connues, y était placée. Elle se fêla lors de l'entrée de Louis XVI à Rouen, en 1786. En 1793, on en fit des canons.

XXXVII

L'intérieur de la cathédrale frappe par sa grandeur, sa majesté et la parfaite harmonie dans toutes ses proportions. Sa longueur totale, du grand portail à l'extrémité de la chapelle de la Vierge, est de 130 mètres; cette chapelle en a 25; le chœur, 33; la nef, 70.

L'intérieur est éclairé par cent trente fenêtres garnies, pour la plupart, de vitraux précieux et de trois grandes rosaces.

Les vitraux des collatéraux (treizième siècle), les plus remarquables, se distinguent par l'éclat et l'harmonie de leurs couleurs. Les vitres de la Renaissance les plus estimées sont celles qui représentent la vie de saint Romain (chapelle de ce nom) et celles de la chapelle Saint-Étienne (la première à droite).

Le chœur est précédé d'un jubé vulgaire et lourd, datant de 1777 (Christ en plomb doré, sculpté par Clodion; sur les deux autels en marbre, statue en marbre blanc de la Vierge (à droite), sculptée par Le Comte, et statue de sainte Cécile (à gauche), par Clodion).

Le chœur, entouré de quatorze colonnes, est éclairé par quinze grandes croisées du quinzième siècle. On y remarque : de curieuses stalles en bois; l'inscription tumulaire de Richard Cœur de Lion; à droite, de l'autre côté, celle de Henri II, mort en 1183, et, derrière l'autel, celle du duc de Bedford, mort en 1435.

Le sanctuaire renfermait autrefois les sépultures de ces trois grands personnages, ainsi que plusieurs autres, mais ces tombeaux furent saccagés en 1562 par les calvinistes. En 1838, on retrouva la statue de Richard Cœur de Lion et la boîte qui contenait son cœur; cette statue, qui a 2m,17 de longueur, a été déposée dans la chapelle du Crucifix.

L'escalier gothique placé dans l'encoignure du transept nord a été construit dans la seconde moitié du quinzième siècle, pour monter à la bibliothèque de la cathédrale, fondée en 1424.

Vingt-cinq chapelles s'ouvrent dans le pourtour de l'édifice. Dans le collatéral de droite, on remarque, en entrant, à droite, celle de Saint-Etienne et celle du petit Saint-Romain, à l'extrémité du même collatéral, qui renforme le tombeau de Rollon; en face de cette chapelle, du côté opposé, se trouve celle de Sainte-Anne, où l'on voit le tombeau de Guillaume Longue Epée, fils de Rollon, assassiné en 944.

XXXVIII

Le château fort (nommé aussi Bouvreuil) fut bâti par Philippe-Auguste en 1205, sur la colline de Bouvreuil. Il était flanqué de sept tours, dont la principale, la seule qui reste, est enclavée dans la communauté des religieuses Ursulines, rue de l'Impératrice. Le vieux château, encore intact en 1525, commença à être démoli au seizième siècle.

C'est dans ce château que Jeanne Darc fut amenée prisonnière en 1430. La tour qu'elle habita a complètement disparu; toutefois, l'illustre prisonnière a certainement subi plusieurs interrogatoires dans la tour du Donjon, qui reste seule debout.

Les Ursulines avaient voulu démolir cette tour, mais cet acte de vandalisme ne fut pas consommé, grâce à une imposante manifestation de l'opinion publique, et une souscription nationale a été ouverte pour le rachat de la tour de Jeanne Darc.

La tour de la Grosse-Horloge (dans la rue de ce nom) est un monument historique de 1389. Au-dessus de la porte du bas de l'escalier est une plaque de cuivre indiquant, en caractères gothiques, la date de la construction de la tour et le nom des architectes. Un escalier de deux cents marches conduit au sommet de la tour, où se trouve une cloche (nommée la cloche d'argent) servant de beffroi et l'horloge principale de la ville. La voûte de la Grosse-Horloge, qui relie à cette tour l'ancien hôtel de ville, a été construite en 1517.

La place du Vieux-Marché existait dès le onzième siècle. Au seizième siècle, on y bâtit des maisons qui la partagèrent en deux parties. La plus petite se nomme place de la Pucelle, parce que c'est là que les Anglais brûlèrent Jeanne Darc, le 30 mai 1431.

Les halles datent de la deuxième moitié du treizième siècle. La halle aux toiles a $88^{m},34$ de long et $16^{m},24$ de large. Les deux autres (cotons et draperies) ont chacune $64^{m},96$ de longueur.

En avant de la halle aux toiles est un édifice de la Renaissance (1542), nommé monument Saint-Romain, où avait lieu chaque année la *levée de la Fierte*, pour la délivrance d'un prisonnier.

XXXIX

Le palais archiépiscopal, contigu à la cathédrale, a été commencé en 1461 par le cardinal d'Estouteville et achevé par Georges d'Amboise. La porte extérieure en pierre a été élevée sur les dessins de Mansart; la galerie des États contient quatre tableaux de Robert. On a rétabli, dans le bâtiment moderne, une bibliothèque pour le chapitre de la cathédrale.

L'hôtel de ville, vaste monument moderne attenant à l'église Saint-Ouen, était le dortoir des religieux de l'abbaye. Le deuxième étage est occupé par la bibliothèque publique et les salles du musée.

Le fronton est orné de sculptures ; la figure de l'Industrie, sous les traits de Minerve, est de Dantan.

A l'intérieur, on remarque : la salle des cérémonies publiques, ornée de portraits de célébrités rouennaises ; dans le vestibule, les statues en marbre de P. Corneille, par Cortot, et de *Jeanne Darc sur le bûcher*, par M. Jean Fenchère ; un escalier en pierre décoré d'une statue de Louis XV jeune, par Lemoine, et des bustes de Pierre et de Thomas Corneille ; le grand escalier conduisant à la bibliothèque et au pied duquel se voit le tombeau du peintre Géricault, dû au ciseau d'Etex.

Le grand corridor du premier étage est orné de statues en plâtre.

Le palais de justice (monument historique), chef-d'œuvre de l'architecture gothique et de celle de la Renaissance, se compose d'un bâtiment principal construit en 1499 par Louis XII, et de deux ailes. Celle de gauche date de 1493 ; celle de droite, élevée au commencement du siècle dernier, s'écroula en 1812 ; on l'a rebâtie dans le style des autres bâtiments.

La façade, richement ornée et décorée de statues (par M. Brun), a une étendue de 66 mètres.

XL

Rouen possède encore quelques édifices anciens et curieux.

A l'angle de la rue Grand-Pont, à l'entrée de la place de la Cathédrale et de la rue du Petit-Salut, se trouve l'ancien Bureau des finances, charmant édifice de la première moitié du seizième siècle, encore très-remarquable malgré des restaurations modernes.

L'hôtel du Bourgtheroulde, sur la place de la Pucelle, à l'angle de la rue du Panneret (monument historique), fut bâti à la fin du quinzième siècle ; ses murailles sont ornées de bas-reliefs représentant l'entrevue de François Ier et de Henri VIII.

La façade du logis principal, au fond d'une cour, est aussi décorée de bas-reliefs, dont une partie est très-endommagée (dans la tourelle de gauche, cabinet avec boiseries et plafond enrichis de dorures et de peintures intéressantes).

Les bureaux du Comptoir d'escompte sont établis dans cet édifice.

Sur la façade d'une maison (rue des Bons-Enfants) est placée cette inscription :

FONTENELLE EST NÉ DANS CETTE MAISON LE 14 FÉVRIER 1657.

On voit, rue de la Pie, la place de la maison où naquit Pierre Corneille, et celle d'une maison contiguë habitée par Thomas Corneille. Toutes deux ont été récemment démolies et remplacées par une inscription commémorative.

L'ancienne église Saint-Paul, à côté de laquelle a été bâtie une église neuve sous la Restauration, était, suivant la tradition, un temple d'Adonis, mais rien ne le prouve. Ses trois absides circulaires, qui se rencontrent dans beaucoup d'édifices du onzième siècle, présentent extérieurement un rang de figures grotesques.

Le pont de pierre, décrété en 1810, ouvert en 1829, forme deux ponts séparés par l'île Lacroix et ayant chacun trois arches. L'arche du milieu a 31 mètres d'ouverture, les arches latérales, 26 mètres ; les arcades pratiquées dans chaque culée, entre les socles, 4m,8.

La largeur du pont entre les parapets est de près de 14 mètres.

La statue de Pierre Corneille est placée sur le terre-plein.

XLI

Rouen est une ville commerciale et industrielle. Le commerce d'importation et d'exportation y est très-important.

L'industrie y a deux spécialités, la filature et le tissage de coton et de lin, et la confection d'étoffes connues sous le nom de rouenneries, qui lui ont valu une réputation méritée.

Le port de Rouen offre maintenant cet avantage que la marée y monte plus haut et plus longtemps qu'autrefois, grâce à des travaux exécutés sur le chénal de la Seine. On espère que des navires de 1,000 tonneaux pourront arriver jusqu'au port, et d'immenses docks-entrepôts ont été construits en conséquence.

Les quais de Rouen sont très-beaux et présentent un développement de plus de 2,000 mètres.

La plupart des puissances étrangères sont représentées à Rouen par des consuls ou des vice-consuls.

On lui lia les mains derrière le dos et on le suspendit ainsi...

XLII

Isabeau de Bavière, alliée de Jean sans Peur, fit massacrer les Armagnacs à Paris, et elle créa à Troyes un Parlement qui devait la seconder dans ses volontés, dans sa honteuse et odieuse dictature.

Les Anglais étaient maîtres en ce moment de la Normandie.

La reine et Jean sans Peur, cet assassin du duc d'Orléans qu'elle avait tant aimé, fuient devant les Anglais, qui avancent à marches forcées pour s'emparer de Paris.

Le Dauphin, depuis Charles VII, était au delà de la Loire avec quelques fidèles capitaines.

Indigné de la trahison et de la lâcheté de Jean sans Peur et de sa mère, il écoute le conseil qu'on lui donne de demander un perfide rendez-vous au duc de Bourgogne.

Ce rendez-vous est fixé à Montereau, car Jean sans Peur, pris de remords, consent à voir le fils de son infortuné roi et à s'entendre avec lui pour combattre, dans une lutte suprême, l'envahisseur de la France.

XLIII

Ce fut en 1419 que cette entrevue eut lieu, sur le pont de Montereau.

Un dais avait été élevé au milieu de ce pont.

Le Dauphin arriva avec ses officiers et surtout avec Tanneguy-Duchâtel.

De son côté, Jean sans Peur, accompagné de sa maîtresse, la dame de Giac, qui resta sur la rive bourguignonne, non sans avoir tenté de s'opposer à cette entrevue, de son côté, disons-nous, le duc s'avança vers le Dauphin, qu'il salua en mettant un genou à terre.

En ce moment, le cri de : traître! partit du groupe des officiers du Dauphin.

Et tandis qu'il se relevait, Jean sans Peur reçut un coup de hache sur la tête.

Son crâne était fendu.

Tanneguy-Duchâtel l'avait tué.

XLIV

La mort de Jean sans Peur fut un coup de foudre pour la reine.

Elle se hâta de faire alliance avec le jeune comte de Charolais, fils de

Jean sans Peur, devenu duc de Bourgogne sous le nom de Philippe le Bon.

Oubliant ses devoirs de reine de France après avoir foulé aux pieds sa dignité de femme, d'épouse et de mère, elle mit le comble à tant d'infamies en appelant les Anglais à Paris et en s'alliant à Henri V, roi d'Angleterre, le boucher des populations normandes.

Elle conclut alors un traité à Troyes, au nom du malheureux Charles VI, infirme et incurable, et elle donnait sa fille Catherine de France au roi d'Angleterre.

Celui-ci devait gouverner la France comme régent, et l'enfant de Catherine et de Henri V devait s'appeler Henri VI, et régner sous le titre de roi de France et d'Angleterre.

Cet odieux marché, ce traité qui était un acte de haute trahison et de lèse-patrie, fut sanctionné par l'ignoble Parlement de Troyes.

La reine déshéritait ainsi son propre fils et le faisait déclarer indigne!

XLV

Paris fut alors occupé par les troupes ennemies.

L'Anglais campa sur les places, dans les carrefours, s'empara des maisons, éleva la potence à chaque coin de rue, répandit le sang des patriotes, établit la terreur pour empêcher le sentiment de douleur immense qui emplissait toutes les âmes.

Au milieu du deuil de Paris, enchaîné et muselé, la reine organisa une entrée triomphale du roi d'Angleterre dans cette capitale livrée aux hordes étrangères.

Elle eut l'infamie de faire sortir de son lit le pauvre roi Charles VI, hébété, de le faire couvrir de pourpre et attacher sur un grand cheval blanc de parade.

Le malheureux roi de France ainsi outragé dans sa dignité, dans ses droits, dans son malheur, devait escorter le roi d'Angleterre, qui marchait entre Charles VI et l'infâme Isabeau.

Puis venaient le duc de Bourgogne et les traîtres, et enfin la suite du conquérant étranger.

Paris pleura à la vue d'un semblable spectacle, et les citoyens se cachèrent dans leurs demeures pour ne pas voir plus longtemps défiler ce cortége sinistre d'un fou, conduisant un ennemi, et d'une *traîtresse de France*, une Allemande, qui vendait la patrie aux Anglais, alors barbares et insatiables.

XLVI

Mais le traité de Troyes, mais toutes ces horreurs avaient profondément blessé le sentiment de la nation.

La reine était devenue pour tous les Français un objet d'immense dégoût.

Elle ne pouvait plus se montrer, car la vengeance nationale n'aurait pas reculé devant un crime.

L'expiation terrible ne devait pas se faire attendre.

Deux ans après, Henri V, roi d'Angleterre, mourut à Vincennes.

Son fils fut proclamé roi de France et d'Angleterre dans la cathédrale Notre-Dame de Paris, et le frère de Henri V, duc de Bedford, reconnu régent.

Deux mois après la mort de Henri V, Charles VI fut enlevé de cette terre, où il avait passé une si triste existence, en faisant de son règne la plus calamiteuse période de l'histoire de France.

Le duc de Bourgogne, sans cesser d'être l'ami des Anglais, en haine du Dauphin, désormais roi sous le nom de Charles VII, en haine de Charles VII, qui avait ou qui avait laissé assassiner son père à Montereau, le duc de Bourgogne abandonna Isabeau de Bavière.

XLVII

La traîtresse ne trouva plus de refuge que dans la maison des femmes qui avaient été autrefois les entremetteuses de ses débauches.

La France entière, selon l'expression du temps, *vomit* son nom et la mit au ban de la patrie.

Tous se levèrent, nobles, bourgeois, paysans et ouvriers, pour chasser l'ennemi et les traîtres.

Charles VII prit en main la cause de l'indépendance nationale, et une fille du peuple, Jeanne Darc, vint lui prêter son bras et le secours de son miraculeux génie.

Les armées françaises se formèrent au fond du Berri, et le siége d'Orléans, formé par les Anglais, fut levé grâce à Jeanne Darc, qui devint l'ange de la délivrance.

Isabeau de Bavière, la traitresse de France, fut réduite à errer de ville en ville, tandis qu'avec les années, les victoires s'ajoutaient aux victoires des Français et que Charles VII recouvrait son royaume.

Ce qui augmenta son désespoir fut de voir rétablir sur le trône ce même fils envers qui elle avait abjuré les sentiments d'une mère.

XLVIII

Aussi l'Anglais ne résistant plus aux coups de la France vengeresse, quitta Paris et les principales places.

L'Anglais s'était emparé de Jeanne Darc qui avait été brûlée à Rouen, mais cet assassinat ne devait pas profiter à ces éternels ennemis de la France.

Charles VII, dont le crime d'ingratitude envers Jeanne Darc est surabondamment prouvé, fut pris de remords après le supplice de l'héroïne.

Il résolut de terminer pour jamais la guerre contre l'Anglais et il chercha à se réconcilier avec Philippe le Bon, duc de Bourgogne, dont l'influence et les ressources mises au service de l'Anglais avaient été si funestes à la France.

Philippe, ami de la France, oublia ses légitimes griefs et il consentit à traiter avec son roi légitime.

Le duc de Bourgogne et Charles VII se rencontrèrent à Arras où, après de longues négociations, ils signèrent un traité de paix d'abord, un pacte d'alliance offensive et défensive ensuite.

XLIX

Grâce au concours du duc de Bourgogne, la guerre devait être conduite vivement, la Guyenne et la Normandie reprises aux Anglais et le royaume de France replacé sur le chemin de ses grandeurs.

Mais alors Isabeau de Bavière avait fini son horrible existence.

Proscrite, chassée, maudite, traquée de toutes parts, elle demanda honteusement à son fils le droit de mourir dans un coin obscur de l'hôtel Saint-Pol.

Charles VII était un fils avant tout.

Il avait pour devoir de ne se souvenir jamais des procédés de sa mère.

Il devait à celle-ci oubli, commisération, pitié, s'il ne pouvait lui rendre le respect et la considération si longtemps foulés aux pieds par la *traîtresse de France;* il laissa venir à Paris sa mère.

Elle s'installa à l'hôtel Saint-Pol.

A peine arrivée dans cette retraite où le peuple ne la soupçonnait pas, Isabeau de Bavière se sentit mourir...

Elle réclama des secours et des sacrements : la religion resta indifférente aux appels de cette grande coupable.

L

Elle s'éteignit au milieu de souffrances atroces, dans l'isolement, dans la misère, dans le mépris universel.

Son corps, jeté à la dérobée pendant la nuit, dans une barque, sur la

Seine, fut transporté silencieusement à Saint-Denis, où le roi son fils, plus tard, lui donna une sépulture à côté du tombeau de l'infortuné Charles VI, la victime de l'abominable reine allemande.

Mais la colère du peuple était telle, qu'un serviteur des débauches de la *traîtresse de France* fut un jour découvert et pendu dans le bois de Vincennes.

On lui lia les mains derrière le dos et on le suspendit ainsi à une futaie, le laissant mourir de faim et attaquer par les oiseaux de proie.

Et un parchemin disait aux pieds du malheureux :

« Ainsi finissent ceux qui ont approché la *traîtresse de France!* »

FIN

Paris. — Imprimerie Parisienne, J. Soubis, impasse Bonne-Nouvelle, 5.

www.ingramcontent.com/pod-product-compliance
Ingram Content Group UK Ltd.
Pitfield, Milton Keynes, MK11 3LW, UK
UKHW031855260826
14628UKWH00002B/789

9 782019 666828